身ごもり同棲

～一途な社長に甘やかな愛を刻まれました～

marmaladebunko

小日向江麻

marmalade bunko
マーマレード文庫

目次

身ごもり同棲
～一途な社長に甘やかな愛を刻まれました～

身ごもり同棲

〜一途な社長に甘やかな愛を刻まれました〜

プロローグ

「お待たせしました。朝食ができましたよ」

私はダイニングテーブルに料理を並べてから、リビングスペースにいる彼に呼びかけた。

今朝はピザトーストにツナとコーンのサラダ、具だくさん野菜のコンソメスープ、そしてデザートにカットした梨を用意した。

日々の献立には、なるべく季節感があるものを取り入れるようにしている。九月の今なら梨かぶどう。昨日は青果店でおいしそうな梨が目に付いたので、梨に決めたというわけだ。

ピザトーストは、最近お気に入りのパン屋さんで購入したパンドミーに、手作りのピザソースを塗り、ペパロニサラミやオニオン、チーズを乗せて焼いたもの。カフェで食べるみたいな、厚切りで食べ応えのあるものを目指したけれど、果たして気に入ってもらえるだろうか。

「ありがとう。今朝もおいしそうですね」

リビングのソファでニュースを見ていた彼が、ダイニングスペースへやってくる。

私は彼の出勤前のスーツ姿が一番好きだ。モデル顔負けのスタイルのよさと、彫りの深い端整な顔立ちに最もマッチする服装がスーツだからかもしれない。

テーブルの上を見て、彼がうれしそうに目を細める。

「毎日あなたの作った料理が食べられて、私は幸せですよ」

――私も、毎日あなたのための料理を作ることができて、幸せです。

心のなかでそんなことを思ったけれど、恥ずかしくて口には出せなかった。

あなたのために料理を作ることも、洗濯をすることも、掃除をすることも――いや、あなたの傍にいること。それ自体が、私にとっての幸せ。

まさか手のひらのなかに収まる架空の世界から、これほど穏やかな幸福に満たされた生活に辿り着くなんて思っていなかった。

振り返ればすべてを失ったあの日、あなたに出会うためのカウントダウンが始まったのだ。

私は目を閉じると、失意の底にいた七月のある夜のことを思い浮かべた。

第一章　捨てる神あれば拾う神あり？

『因果応報』という言葉を知ったのは、小学一年生のとき。当時同居していた父方の祖母から教えられた言葉だ。四歳年上の兄はやんちゃ盛りで、しょっちゅう意地悪をされては泣かされていた。泣きながら、兄に向かっていこうとする私を優しく宥めながら、祖母が言った。

「紗彩《さあや》、『因果応報』だよ。人に悪いことをすると悪い報いが、よいことをするとよい報いが、必ず自分に返ってくるものなんだ」

いんがおうほう。初めて聞くその言葉の意味はいまいちよくわからなかったけれど、そのあと私を泣かせたことがバレてこっぴどく怒られる兄の姿を見て、なるほど、こういうことなんだと納得することができた。

それ以来、『因果応報』は座右の銘となり、常に自分自身に言い聞かせている。たとえ、相手になにか嫌なことをされたとしても、やり返してはいけない。自分が相手にした嫌なことも、また自分に跳ね返ってくるのだから。

祖母はこうも言っていた。

「紗彩がなにごとにも真っ直ぐ真面目に取り組んでいれば、神様はちゃんと見ていてくれるはず。だから、誰かに意地悪されても恨んだりしないで、笑顔で前を向いて頑張りなさいね。そうすればきっと報われるから」

争いごとが嫌いな、心優しい祖母らしい言葉。

祖母は昔から人の悪口は一切言わなかったし、いつも笑顔で、誰に対しても分け隔てなく思いやりのある対応をしていた。そんな祖母を素敵だと感じたし、こんな風に歳を重ねていきたいと思えるような、憧れの存在だった。

祖母が亡くなったあとも、その気持ちは変わっていない。仕事でお客様から理不尽なことで怒られたり、プライベートで彼氏から腹の立つことを言われても、頭のなかで祖母の顔と、『因果応報』という言葉を思い浮かべると、不思議と怒りや苛立ちの感情が薄れていくように感じた。

人を悪く思えば思った分自分に跳ね返ってきてしまうなら、私はたとえ相手が誰であっても笑顔で許そう。そうすれば私の周囲は笑顔になれるような出来事で溢れるはず。

実際、その心がけのおかげで物事は上手く回った。お客様には「笑顔がいいね」と褒められるし、彼氏からは「紗彩といると癒される」と愛情を深めてもらえる理由のひとつとなっているようだ。

やっぱり祖母はすごい。祖母の言う通りに笑顔で頑張っていれば、きっとこの先も幸せな日々が待っているに違いない。


順風満帆な毎日に終止符が打たれたのは、七月の中旬。梅雨が明け、そろそろ夏本番という気配が漂い始めた蒸し暑い日だった。

勤め先であるカフェのバックヤードにあるロッカーの前で『閉店のお知らせ』というプリントに目を通した私は、その紙を握りしめたまま立ち尽くしていた。

『まことに残念ではありますが、建物の老朽化に伴いリバーヒルズカフェ　カトレアスクエア店は八月末を以って閉店する運びとなりました』

なにかの間違いではないかと、無機質なゴシック体を視線で幾度もなぞってみるけれど、当然内容が変わることはない。店長に事実を確認しても結果は同じだった。

ここ、カトレアスクエアは地元で五十年以上も愛され続けている三階建てのファッションビル。流行の先端を担うというより、昔からのお客様を大切にするコンセプトで、平日こそのんびり営業であるものの、土日は洋服や化粧品を求めてお買い物に来るご婦人方によってそれなりに繁盛している。

歴史が古いということは、建物も古いのだということ。最近は、私たちのカフェが出店している三階でも、雨漏りや電気関係のトラブルが続けて起こっていたので、他のスタッフと冗談で「そろそろ取り壊しかもね」なんて会話を交わしていたところだった。それがまさか、的中してしまうとは。

うちのカフェは、常時七、八割くらいの席が埋まっている状態だったから需要はあったはず。だから、閉店ではなく近隣の空き物件へ移転という形を取って営業を続けていくものだと思い込んでいた。

ところがそれはあまりに希望的な観測だったようだ。店の人の入りがよかったのは、ファッションビル内のテナントだったからに過ぎない。買い物帰りのお客様を獲得する機会がなくなれば、店の売り上げもがくんと減る。ゆえに、カトレアスクエア内でないのなら店舗を移転させるメリットはないのだ。

そういうわけで、私は職を失うこととなった。

一年前に親元を離れ、引っ越しとともにアルバイト従業員としてこの店に入って、店舗に求められるままに出勤するうちに、「正社員として働かないか」と、ありがたい話が出始めたところだったのに。なんてタイミングが悪いのだろう。

徐々にテナントが撤退していくため、カフェも縮小営業していくようで、私を含むアルバイトは今週いっぱいで勤務終了、今後は社員でシフトを回していくようになるらしい。

生活もあるし、せめて閉店ぎりぎりまで働かせてほしいと懇願しようにも、切羽詰まった状態にいるのは私だけだったので、それもやめた。

私は申し訳なさそうに幾度も頭を下げる店長に、意識的に笑顔を向けて「承知しました」とだけ告げた。

こんなときこそ笑顔だ。閉店は店長のせいじゃない。それに一年間ひとつの不満もなく働かせてもらった恩もあるし、できれば揉めずに去りたい。

幸い私には幾ばくかの貯えがあり、結婚を前提に同棲している彼氏もいる。だから、このショッキングな出来事も、どうにかマイルドに受け止めることができたのだ。

別に今すぐ新しい職場を決めなければいけないわけではない。この一年、私なりに知らない土地で一生懸命頑張って働いてきたつもりだ。ほんの一瞬だけ立ち止まって、ゆっくり次の仕事を探すのもアリだろう。きっと彼氏もそう言ってくれるはず。

落ち込みかけていた気持ちをなんとか奮い立たせつつ、私はどうにかその日の勤務を乗り切り退勤した。

まるで私の身に起きた不幸を予測していたみたいに、いつも残業続きで帰りの遅い彼氏が、珍しく先に家に着いたらしい。『おいしい夕ご飯を買ってきたから、今日はご飯作らなくて大丈夫だよ』との連絡に、疲弊した心がほっこりと温まる。

まさかその夕食の最中に、さらなるショックを受けるどころか、不幸のどん底に突き落とされるとは、思ってもみなかったのだけど。

◆◇◆

「えっ、妊娠⁉」

小さく叫んだと同時に、箸で摘んだ大ぶりのシュウマイを、小皿に注いだ醤油のなかに取り落としてしまった。

醤油の海にダイブしたシュウマイを救出することもできず、ダイニングテーブルに跳ねた醤油を拭き取ることにも意識を向けられないまま、私はただテーブルの向かい側に座る彼氏――岸田耀《きしだよう》の顔を見つめることしかできないでいた。

「うん……」

耀くんはうなだれたまま、消え入りそうな声で答える。

『紗彩をよろこばせたくて、行列ができるおいしい中華料理屋のシュウマイとギョーザを買ってきた』と話す割りに、いっこうに箸を手に取らない様子をおかしいとは感じていた。それに、どことなく表情に緊張感があったことも。

「妊娠って……あの、妊娠、だよね。子どもができるっていう」

「……そう」

いつもの明るく陽気な彼とはまったくの別人。どんよりと暗い話しぶりに、冗談ではないことが十分に伝わってきて、動揺のあまりついわかりきった質問を投げかけてしまった。肯定の反応があるより先に、なんて当たり前の馬鹿馬鹿しいことを訊ねてしまったんだろうと後悔するけれど、私も彼も、今がそれを笑って面白がるようなタイミングではないことだけはわかっていた。

「それって、耀くんの子どもができた、ってことなんだよね……」

言葉にしてみると、その意味の重みがずしりときた。それは彼も同じだったようで、狼狽するみたいに直線的な眉がぴくりと震えた。

耀くんの子ども。それが私の子どもでもあったなら、大変でありつつもよろこばしいことなのだろうけれど、残念ながらそうではなかった。

私の声の調子が崩れるように落ちていったことで、耀くんは焦った様子で背筋を正し、醤油の小皿に髪が入りそうなくらいに深々と頭を下げた。

「ごめん！　本当、魔が差したっていうか……たまたま友達が開いた飲み会にいた子が、俺のこと気に入っちゃって。彼女いるしって断ってたんだけど、それでもいいからってグイグイ来られてさ。それで、その……勢いに負けたというか」

私は思い出したように背後にある棚のティッシュボックスからティッシュペーパーを二枚引き出すと、小皿の周りに点々とついた醤油の染みを拭った。手を動かしていたほうが、多少なりとも気持ちが落ち着くだろうと思ったからだ。

染みを拭き終わって耀くんのほうに顔を向けると、彼は顔を上げ、こちらをうかがっている。

「でも別に、俺のほうに気があったとかじゃないんだ。俺が好きなのは紗彩だけだし、それは今でも変わらない。でも子どもがデキたってなると、そうもいかなくてさ。向こうは絶対産むって言い張ってて、急に『見捨てるの？』とか言い始めちゃって。それまでは『彼女がいても気にしないよ』とか言ってたくせに」

「耀くんは、私にどうしてほしいの？」

私は感情的にならないようにお腹の下にぐっと力を込めてから、静かに訊ねた。

耀くんが早口でまくし立てる言い方をするのは、自分にやましいところがあるときだ。彼の言う内容が百パーセント嘘ではないにしても、きっと彼のなかで彼女に惹かれる理由があったのだろう。

それでもきっと、最終的には私を選んでくれるだろうという漠然とした自信があった。だって私との結婚を前提に同棲を提案してきたのは彼のほうだし、そのために遠方に住む私の両親にもわざわざ挨拶をしにきてくれた。その熱意を信用して、彼の地元である、勝手のわからないこの土地へ引っ越すことを了承したのだから。

『別れないでほしい』

耀くんの口からそんな言葉がこぼれるだろうことを予想した。その直後。

「俺と別れてほしい」

返ってきたのは真逆の台詞だった。

「勝手なことを言ってるのはわかってる。でも、エリカと話し合ううちに、だんだん情が湧いてきて……父親がいないのもかわいそうだし、責任取らないといけないって思うようになったんだ。だから」

「私と別れて、責任を取りたい――そのエリカって人と結婚したい。そういうこと？」

「……ごめん」

耀くんはもう一度謝罪の言葉を口にすると、さきほどのように背中を丸めてうなだれた。

選択肢は私に与えられていると思っていたのに、そうではなかったらしい。耀くんは私ではなく、私の知らないエリカという女性と、彼女が身ごもったという子どもと一緒にいることを選んだようだ。

今夜は、突然仕事を失った悲しみを彼と共有するつもりだったけれど、そんなのは鼻で笑ってしまうくらいの些細なことに思えた。目の前で、捨てられた子犬のように心細そうな瞳を向けてくる耀くん。今まさに捨てられたのはこっちのほうなのに。

彼が欲しがっている言葉は、ひとつしかない。朝、バックヤードで閉店の報せを告げるプリントを目にしたときよりもずっと理不尽な気持ちに支配される。

どうして。なんで、こんなことになってしまったの。

耀くんが他の女の子と会ってることさえ知らなかった。存在さえ認知していなかったその人といつの間にか子どもができて、ふたりと一緒に生きていく?

それじゃ、私はどうなるの？

お互いが同じ場所を目指して繋いでいたはずの手を、いきなり離すなんて勝手すぎる。私には耀くんしかいないっていうのに。

沈黙と向き合う間に、様々な思いが込み上げる。

「……子どもができたなら、仕方ないよね」

すべてを噛み殺し、私は頭のなかで組み立てるよりも早くその台詞を口にした。言いながら笑みを浮かべたのは条件反射のようなものだ。

『因果応報』の四文字が、こんなときでさえも——いや、こんなときだからこそ、頭を過った。

「耀くんがよく考えて決めたなら、そうするしかないよね。子どもに罪はないし」

そう、子どもに罪はない。ここで仮に私がごねて耀くんの気が変わったりしたら、エリカさんとお腹の子どもは切り捨てられてしまう。そうなった場合、今度は不安になったエリカさんがわが子を切り捨てるかもしれない。

耀くんと別れたくない気持ちと同じくらい、見知らぬ彼女の子どもの命を奪うことにも抵抗があった。なら、私が取るべき行動は決まっている。

「……紗彩、それって」

「うん。いいよ、別れよう」

自分の意に反する台詞を口にするのは、身を切るような思いだ。別れたくなんてない。耀くんと一緒にいたい。

「——ありがとう」

耀くんのホッとしたような、一仕事終えたと言いたげな表情によろこびが透けて見えてしまって、密かに傷ついた。私と別れることへの寂しさが、躊躇いが、少しくらいは滲んでもいいのではないかと思ってしまって。

けれどこれでいいんだ。誰かの不幸の上に成り立つ幸せなんて、本当の幸せではない気がした。私が身を引けばすべてが丸く収まる。……だから、これでいい。

「せっかくおいしそうなシュウマイなのに、冷めちゃったよ。温め直してくるから、食べよう。ギョーザもあるし」

私は小皿で醤油に浸ったままのシュウマイを一瞥してから、その奥にある大皿を手に取り、立ち上がった。この話をする前には熱々の湯気が立ち上っていたはずが、もうすっかり冷めてしまっている。

思えば、わざわざ並んでまでこのシュウマイを買ってきたのも、少しでも私の機嫌をよくして別れ話をスムーズに進めたかったからなのだろう。普段から家事は私の担当で、彼が食事について主体的に行動することはほぼなかったから、もっとおかしいと感じるべきだった。

「うん……あ、それでさ、紗彩」

言いにくそうに、けれどタイミングを逃すまいと、耀くんがおずおずと口を開く。

「なに？」

つま先をキッチンスペースの方角に向けたまま、身体だけ彼のほうへと向き直る。

「……その、次から次で。本当に、本当に申し訳ないんだけど……」

「いいよ、この際だから全部言って」

仕事を失い、彼氏も失った。今の私に、これ以上驚くようなことなんてない。私は泣きっ面に蜂なこの現状を、最早ちょっと面白いとさえ思い始めながら先を促す。

「そう？　じゃあ、遠慮なく」

耀くんは小さく息を吸い込んだ。

「――この部屋を、可能な限り早く……遅くても、来週中には出て行ってほしいんだ」

次なる一撃は、不幸のどん底にいた私をさらに鞭打つものだった。

◆◇◆

「……もう本当、最悪」

最も悪いと書いて、最悪。この言葉をこれほど切実に感じたことはない。

私はシングルベッドの上で大の字を書きながら深く長いため息を吐いた。

同棲するにあたって間取りは1LDKで十分だと言い張る私に、『やっぱり2DKのほうがいいよ』と辛抱強く訴えかけてくれた耀くんの判断が、今となっては正しかった。ベッドを置いただけで部屋がいっぱいになりそうな、たった五畳の自室でも、パーソナルスペースがあるというだけで多少心が穏やかになった。こんな風に別れを決意したあとに、同じ部屋で眠るなんて想像しただけで疲れる。

困った。耀くんと別れると決めた時点で、この家から出て行かなくてはならないとわかっていたけれど、遅くとも来週中という無茶苦茶な期限を突き付けられるとは。

さすがに急すぎることもあって、もう少し期限を延ばしてほしいと交渉した。勤め先のカフェが閉店して仕事がなくなり、気持ちに余裕がないことも一緒に告げたけれど、耀くんの反応は鈍いものだった。

『紗彩も大変だと思うけど、エリカもつわりがキツいみたいで、できる限りうちで面倒見てあげたいんだ。だからごめん。それに、職場が潰れたのはかえってよかったのかもよ。そのほうが、紗彩もここから離れやすいし、今が新しい生活を始めるタイミングなんじゃないかな』

それが付き合って二年、同棲して一年の彼女に対する台詞だろうか。いや、今はもう元彼女か。どの口が言うのかと頭に血が上ったけれど、なんとか堪えた。

ここで私が怒っても、今の彼はエリカさんとお腹の赤ちゃんのことで頭がいっぱいなのだから、状況が好転するとは思えない。無駄な衝突は避けたほうがいい。

とはいえ、ここを出て行くあてもないし。これから先、どうしたらいいのだろうか。

私は寝ころんだままスマホを手に取り、藁にも縋る思いでゲームのアプリを起動した。

『ファンタスティック・ユートピア』——通称『FU』は、オンラインで他のユーザーと協力して戦うロールプレイングゲームだ。人間、天使、悪魔のなかから好きな種族を選び、自分の分身ともいえるキャラクターを作成、操作する。クエストと呼ばれる目的を遂行するために四人一組のパーティーを組んで、モンスターと戦うのが基本の遊び方だ。

あまりゲームの類に詳しくない私でも、簡単な操作で進めることができて、登場キャラクターもかわいい。一年前、ちょうど知り合いのいないこの土地に引っ越してきたのを機に、ゲーム好きの耀くんに強く勧められて始めた。

最初はオンラインゲームなんて難しそうだし……と気乗りしなかったけれど、耀くんに教えてもらいながら一緒にプレイしていくうちに、ファンタジックな世界観と、壮大なストーリーに心奪われ、見事にハマってしまった。そのうち彼の興味が別の新しいゲームに移り、そちらをやり込むようになってからも、空いた時間でひとりでコツコツと遊んでいる。

私がこのゲームの魅力に取りつかれた最も大きな理由は、フレンド機能が備わっていることだ。『FU』では、一度パーティーを組んで一緒に戦ったオンライン上の別のユーザーと、友達――フレンドになることができる。フレンドになると、同じクエストに誘うことができたり、フレンドチャットと呼ばれるメッセージアプリのような画面で相互にコミュニケーションを取ることができるようになる。

自分のキャラクターに『サーヤ』という本名をもじった名前をつけ、ゲーム上で関わる見知らぬ誰かと会話を交わすのは新鮮で楽しかった。むしろ、クエストそっちのけで会話を楽しむことさえあるくらいに。

私はすぐにフレンドチャットを開いて、オンライン中のフレンドの一覧からある人の名前を探した。……いた。私は彼女に向けて、チャットを打った。

『ハルカさん、困ったことになっちゃいました』

『サーヤさん、こんばんは。どうしました?』

返事はすぐに返ってきた。

私は今日一日に起きた怒涛の不幸の連続を、ありのままに告げた。

ハルカさんは、私がこのゲームのなかで姉のように慕う女性だ。まだゲームを始めたばかりで操作に慣れないときから仲良くしてくれて、ときには優しく教えてくれる。彼女がパーティーにいると安心して遊ぶことができるし、チャットでの会話もしっくりくるというか、波長が合う感じがした。

この一年、『FU』を遊んで思ったのは、たかがオンラインゲームといえども、そこに大なり小なり人間性が反映されるということ。自分本位だったり、威圧的だったりする人は、プレイスタイルや発言にもそういった要素が滲み出る。私は遊びだとしてもそういう人と関わるのが苦手で、嫌な気持ちになってしまう。

けれど、ハルカさんは違った。パーティーのなかで交わされるチャットひとつとっても、否定的なことは一切言わないし、一貫して丁寧な言葉遣いだ。ゲーム的な部分においても、常にパーティー全体の状態を見極めて、必要があれば援護に回ったり、回復役を買って出てくれたりと、その場の空気を読んで臨機応変に対応してくれる。

顔が見えないから、取り繕わなくていい分、発言もそのときの気分に左右されてしまいがちではないかと思うのだけど、ハルカさんはいつもちゃんとしている。そういうところが、素性を知らずとも彼女を信頼できる一因だ。

いつしか私は、プライベートな出来事もハルカさんに話すようになっていた。

カフェで働いていること。結婚を見据えて彼氏と同棲していること。『幸せそうで素敵ですね』と言われていたから、この報告をきっと彼女も驚くに違いない。

『それは……大変なことになりましたね。ご家族のところには頼れないんですか？』

『両親は飛行機の距離にいて、兄夫婦も同居してるので難しいですね』

私は本州から遠く離れた両親の顔を思い浮かべながら、そう返事をした。義姉はいい人だけど、家族関係が上手くいっているだけに、私まで同居してこれ以上窮屈な思いをさせるのは忍びない。それに、家族には結婚間近の彼氏と破局したと知られたくないという、ちっぽけなプライドも邪魔をした。

『じゃあ、お友達は？』

『友達は……仲いい子は、彼氏と同棲してたり、結婚しちゃっているので』

居候を頼めるくらいに親しい友達は少ないし、心当たりのある子はもうパートナーと一緒に住んでいるようだから、とてもお願いできるような環境ではなかった。

『そうですか……困りましたね……』

『はい。引っ越しするにしても、ある程度時間とお金がかかるので……』

貯えがあるといっても、引っ越しして二、三ヶ月もしたら心許なくなる程度の額だ。

今後の仕事との兼ね合いもあり、次に移る場所は慎重に決めたい。

こんな重要な決断を来週中にというのが土台、無理な話なのだ。一度は呑み込んでしまったとはいえ、再度耀くんへの腹立たしさが込み上げてくる。

すべてがそっちの都合なのだから、少しくらいは融通してくれてもいいものを。来週中にはエリカさんとやらを迎え入れたいと、譲る気配はまったくなさそうだったのが、悲しさを通り越して情けなかった。

『もしよろしければ、部屋が余っているので転居先が決まるまでうちに来ませんか？』

歯がゆさで唇を噛んでいると、ハルカさんからのチャットが表示された。

「えっ」と声が出そうになった。いや、まさか。ハルカさんみたいにちゃんとしてそうな人が、そんな突飛な提案をしてくるわけがない。

私と彼女は、オンライン上では頻繁にやりとりしているけれど、実際に会うことはおろか電話すらしたことがないのだ。いわば他人と同じ。そんな、素性の知れない人間を自分のテリトリーに入れようとするだろうか。

『ハルカさんのお家って、すごくいい香りがしそうです。バラの香りとか』

私は少し考えてから、おどけた風な文章を打ち込んでみる。

彼女のキャラクターは、長い黒髪のスレンダーな悪魔だ。しかも美人。目元の雰囲気がどこか色っぽくて、バラの花が似合いそうなイメージ。私のキャラクターが小柄で元気な人間の少女といった風貌だから、なおのこと麗しく思えるのかもしれない。

『あ、冗談だと思ってます？』

——え、冗談じゃないの？

返信を忘れて手を止めているうちに、画面上にはハルカさんの発言が重なっていく。

『もちろん、サーヤさんがよければ、なんですけどね。一年近くこうしてやりとりしてるとはいえ、私たちはお互いのことをなにも知らないわけですから。お話を聞いていると、周囲に頼れる方もいらっしゃらないみたいですし、やはり来週中までに住まいを決めるというのはかなり難しいと思うんです。私はたまたまお部屋を貸せる環境にあるので、お困りのようでしたら最後の手段にでも使って頂けたら』

驚きと感激と少しの不安が入り交じった、なんとも言えない感情が胸に渦巻く。

『い、いいんですか？　私、なにもお返しできませんが……』

『見返りなんて望んでませんよ。ゆっくり考えてみてください。その上で必要があれば、また声をかけてくださいね』

『すみません、ありがとうございます』

『いえ。サーヤさんにはいつもお世話になっているので。それでは、私はもう寝ますね。おやすみなさい』

『おやすみなさい』

挨拶を打ち込んだあと、スマホのホーム画面で時刻を確認すると二十三時を過ぎていた。彼女はいつも、これくらいの時間にゲームをやめることが多い。

彼女とのチャット画面を閉じると、私はスマホを傍らに置いた。

今夜はさすがに、ゲームで遊ぶ気分にはなれない。そのまま天井を見上げる。築一年半というだけあり、まだ新しいクロスが白熱灯の鋭い光を反射して眩しい。

今朝、目が覚めてこの景色を見たとき、その夜には自分を取り巻く世界が一変するなんて夢にも思っていなかった。かけがえのないものをすべて失いながらも、この先に続く道を歩いていかなければならない。

『部屋が余っているので転居先が決まるまでうちに来ませんか？』

ハルカさんのチャットが頭を過った。なにも持たない私に救いの手を差し伸べてくれた彼女が、八方塞がりの暗闇に唯一現れた光のように思えてくる。

今の私に、他に頼れる人はいないし……次の仕事を見つけるまでの間だけでも、お世話になることができれば大変ありがたい。

確かにハルカさんのことはほとんどなにも知らないけれど、この一年、多くの時間を共有し、他愛ない会話を交わしてみて、その人間性が信頼に足ると感じている。それが彼女を信用する理由にはなり得ないのだろうか。

戸惑う気持ちは依然としてある。いくら窮地に追い込まれているとはいえ、どこの誰かもわからない彼女の誘いに乗るのは危険だし、正気の沙汰ではないことも理解しているつもりだ。

けれど相手が気心知れたハルカさんであるなら心が揺れる。見返りを求められず、次の家が決まるまでの間泊めてもらえるなんて魅力的な条件だ。ゲーム上ではあれど常識的で交流のある彼女なら、同じ女性だし、あまり怯えずに厚意に甘えてもいいのかもしれない――と思ってしまうのだ。

……でも、知らない人の家、かぁ……うーん……。

大船に乗ってしまいたい私と慎重になる私が、堂々巡りの思考を繰り広げる。結論を待つより早く、ゆっくりと瞳を閉じた。

今すぐに結論を出さなければいけないわけではないのだから、こういう大事なことを勢いで決めてはいけない。来週まで、ほんのわずかな時間ではあるけれど、まだ悩む余地がある。もう少しじっくり考えてみて、それがベストな選択であると確信できたなら、ハルカさんにお願いしたらいい。

ひょっとしたら、耀くんも私に無理を強いていると気付いて、妥協案を出してくれるかもしれない。たとえば、私ではなく耀くんが出ていき、エリカさんのお家でお世話になる、とか。

まったく別の選択肢が脳裏を掠めたことで、ほんの少しだけ気が楽になった。張り詰めていた気持ちが緩むと、精神的な疲れも手伝って睡魔が襲ってくる。

今日のこの日が、壮大なドッキリであればいいのに――なんて、非現実的な妄想を浮かべながら、私は眠りについたのだった。

第二章　ハルカさんの正体は……。

「ここが、ハルカさんのお家……」

スマホに表示されている住所と、地図アプリを利用して辿り着いた場所とが合致していることを幾度も確認した。

今、私はコンクリート打ちっぱなしのモダンかつ直線的な外壁に覆われた三階建ての豪邸と対峙している。アプローチの手前には、ステンレス素材でアルファベットの文字の羅列をくりぬいた表札らしきものが見える。表記は『ＫＡＷＡＯＫＡ』。

……うん、苗字も前もって聞いたものと一致する。

私はありったけの荷物を詰め込んだトランクの取っ手と、手土産の菓子折りが入った紙袋とを左手に持ち替えてから、右手でドキドキと高鳴る左胸にそっと触れた。

約束の十六時。いよいよ、ハルカさんと対面する瞬間がやってきた。緊張を解すために、一度深呼吸をする。

迷った末、私は彼女を頼ることに決めた。あのあと、耀くんに退去期限を延ばせないかもう一度かけ合ってみたのだけれど、やはり色好い返事はもらえなかったのだ。

再度ゲーム上でハルカさんを見つけたとき、少しの間お世話になりたい旨を伝えると、彼女は快く了承してくれた。そこで初めてメッセージアプリの連絡先を交換し、自宅の住所を教えてもらったのだけど――まさか、こんな立派なお家だったとは。

都外の片田舎から一時間半ほどかけて辿り着いた場所が、セレブが住んでいそうな素敵なお屋敷であるというだけでテンションが上がる。

ハルカさんは、やはり私のなかのイメージそのままの、麗しいお嬢様だったようだ。いや、ご婦人という可能性もあるか。

独身でひとり暮らしという情報は得ていたけど、彼女の年齢を聞き忘れていたと今さら気が付く。とはいえ、ここまで来てしまったらもう直接確かめるのが早いだろう。

そうは思えど、素敵なお家を前にインターホンを押そうとする指先が震える。

こんなことなら、お気に入りのワンピースでも着てくれればよかったと、私はこの日の自分の装いを悔いた。シャツにデニム、それにスニーカーなんていう普段着オブ普段着は、こんな豪邸には相応しくないのかも。

……いや、悩んだところでもうどうにもならないか。

私はごくりと唾を飲んでから、インターホンを押した。

「はい」

ほどなくして、機械越しに年配の女性と思しき声が応答した。

「あのっ……も、森崎《もりさき》紗彩と申します」

年上だとは想像していたけれど、そこまで上とは思っていなくて、第一声が裏返ってしまった。そんな自分に動揺しつつも、なんとか最初の挨拶を終える。

私の名前は予め伝えてあったので、先方もすぐにわかってくれたようだ。

「どうぞお入りください」

彼女は品のある物言いで私を促した。アプローチの先に大きな木の扉が見える。住宅の外扉にしては珍しく、引き戸になっているようだ。

片手で荷物を引きながら、反対側の手でひんやりとした金属の取っ手を握った。

「お邪魔します」

引き戸の先は、大理石の床と外扉と同じ木材の上がりかまちがある広々とした玄関。そのスペースだけでも、それまで私が自分の部屋として使っていた場所くらいはありそうだ。深い赤がベースカラーのペルシャ絨毯が敷かれ、脇にある飾り棚には、白磁の花瓶に緑色の観葉植物が飾られている。

見慣れないそれらに気を散らしていると、奥からスリッパの音とともに、白髪交じりで鎖骨くらいまでの髪をひとつに束ねた、五十代くらいの女性がやってきた。

「お待ちしておりました」

人の好さそうな微笑みを浮かべた彼女は細身で、黒いブラウスに黒いパンツ、クリーム色のシンプルなエプロンを身に着けている。

この人がハルカさんか。思ったよりもずっと年上だけど、優しそうな人でよかった。

「あの、初めまして……い、いつもお世話になっております」

私は丁寧に頭を下げてから、一度トランクだけを置き、紙袋から菓子折りを取り出した。そして、一段高い場所にいる彼女へと差し出す。

「これ、うちの近所にあるおいしいお菓子屋さんのクッキーです。お口に合えばいいんですが」

そのお店にはカフェが併設されており、私のお気に入りの場所だった。耀くんとも幾度か一緒に行ったことがある。

言いながら、『うち』なんて言い方をしたもののすでに自宅ではなくなっていることや、こんなに立派なお家に住んでいる彼女には素朴すぎるチョイスだったかというようなことが頭を過ったけれど、目の前の彼女はさきほどと同じ優しい微笑みを浮かべていた。

「まあ、お気遣いありがとうございます、森崎さま。お預かりしますね」

そう言って、私が差し出した菓子折りを大事そうに受け取ってくれる。

……お預かり？　それに、『森崎さま』って。

「えっと……そんなかしこまった呼び方されると、すごく緊張しちゃいます」

ゲーム上では『ハルカさん』『サーヤさん』と呼び合っていたのに。顔を突き合わせ、砕けた呼称になるならまだしも、逆にそんな仰々しい呼び方をされると、違和感がすごい。

困惑していると、彼女は合点がいったように「ああ」とつぶやき、笑みをさらに深くした。

「すみません、私はこの家のお手伝いなんです。お荷物はあとでお持ちしますので、なかにどうぞ」

女性はゆるく首を横に振ると、すでに用意してくれていた来客用と思われるスリッパを指し示して言った。

「あ、はい……ありがとうございます」

そうか。てっきり女性が出てきたからハルカさんだと思い込んでしまったけれど、こんな大きな家に住んでいるのだから、お手伝いさんのひとりやふたりいたって不思議ではない。

早とちりを恥ずかしく思いつつ、脱いだ靴を揃えてからスリッパに履き替えた。柔らかくてふかふかのスリッパは履き心地抜群で、上質なものであるのがわかった。

女性について突き当たりの部屋の前に到着すると、彼女は扉を三回ノックした。

「森崎さまがご到着されました」

彼女が短く報告をして扉を開けると、その先には、バラの似合う麗しいお嬢様――ではなく、長身の男性の姿があった。

「お待ちしてましたよ。森崎紗彩さん」

「え？　あ……」

さきほどとはまた違う驚きに目を瞬いた。

てっきり待っていたのはハルカさん本人だと思っていたけれど、違うのだろうか。

後ろに控えていた女性は私に一声かけてから頭を下げ、もと来た廊下を戻っていく。

「どうぞ、こちらに」

私は男性に呼ばれるがまま部屋のなかに入った。

ここはおそらく応接室のような場所だ。この家の外壁に似た雰囲気の、重厚感があって直線的なデザインの応接セットと、玄関で見たものと同じような観葉植物の鉢が置いてある。壁の片面には、油彩の風景画も飾ってあった。

私はまじまじと目の前の男性の顔を見つめた。

彫りの深い、凛々しく精悍な顔立ちがとにかく美しい。それと大きな二重の目が印象的だ。次に、一八〇センチくらいあるだろう高い身長と、手足の長いスラッとしたスタイルに目を引かれる。センターパートのエアリーなマッシュヘアは黒く艶があり、どことなく色気が漂っている。モデルさんだと言われてもすんなり信用できそうだ。

スーツ姿というのがさらに素敵だ。ダークグレー地にうっすらとストライプの入ったセットアップスーツと、濃いネイビーがベースのネクタイがクールに決まっている。

「あの、あなたは――」

「会いたかった」

私の問いかけに被せるみたいに、目の前のイケメンさんはうれしそうにそう言うと、二歩、三歩と前へ踏み出した。そして、こともあろうか私の背中に腕を回した。

――えっ、なんでいきなりハグ……⁉

頭のなかが疑問符でいっぱいになり、一瞬思考が停止する。

「……なっ、なにするんですかっ！」

我に返ると自然に両手が前に出た。彼の胸を強く押せば、腕の拘束は難なく解けた。

「ああ、ごめんなさい。感激のあまり、つい」

私が拒否を示すと、彼は謝罪の言葉を口にしながらすんなりと退いた。

「つい、って……」

初対面でハグなんて外国人じゃあるまいし。ただでさえ、初めて来る場所で気を張り詰めているのだから、不安を煽るようなことはしないでほしい。

「立ち話もなんですし、どうぞおかけください」

動揺する私に対し、男性はゆったりとした所作でソファを勧めてくれた。

「……ど、どうも」

やや早口でお礼を言いながら、手前側のソファに腰かけた。革張りの角張ったデザインのそれは、どっしりとしていて座り心地がいい。私が座ったのを見届けたあと、男性も向かい側のソファに着座した。

「――それで、あなたは誰なんですか？」

ちょっと変わった人ではあるけど、いまだかつてこれほどのイケメンさんが私の周囲にいただろうか。遅ればせながら腕の感触を思い出してドキドキしながら、ようやく聞きたいことを口に出す。

「申し遅れました。はじめまして。河岡悠大《かわおかゆうだい》といいます」

「カワオカ、ユウダイさん……」

——で、どなた？

自己紹介をする彼の名前を復唱しつつも、思考いっぱいに詰め込まれた疑問符は消えない。彼は、ぽかんとしている私の表情を見つめて穏やかに笑った。

「……ああ、いえ、あなたにはハルカ、と言ったほうが馴染みやすいですかね」

「えっ⁉」

「サーヤさんが私を頼ってくれてよかった。先日話を聞いてから、ずっと気になっていたんです」

「えっ、ちょ、ちょっと待ってください」

頭がこんがらがって、私は人差し指と中指で眉間を押さえる。私の耳が正常なら、今、とんでもない台詞が聞こえてきたような——

「……えーと、カワオカさん？　が、ハルカさん……？」

「はい。『FU』ではそういう名前で遊んでますが」

「そ、そんなの嘘ですっ。だって、ハルカさんは、女性のはずじゃ——ハルカさんっていう名前もそうですし。キャラクターだって綺麗な女性で」

「女性？　……ああ、確かに、ゲーム上では女性のキャラクターを操作していますよ。ずっと同じキャラクターを使用するなら、見た目はいいに越したことはありませんから。ちなみに名前は、本名の一文字を違う読み方にしただけです。これを」

彼がスーツの胸ポケットから取り出したのは、革製の名刺ケース。そのなかから一枚を取り出し、表面がガラス張りの精巧なローテーブルの上を滑らせるみたいに、私の手前に差し出してくれる。私はその名刺を両手で受け取った。

そこに書かれていた名前は、河岡悠大。なるほど、悠の字を取ってハルカ、か。

「もしかして、私のことをずっと女性だと思っていたんですか？」

名刺ケースを胸ポケットに戻しながら、彼が訊ねる。

「はい」

寸分の迷いもなく、私は即答した。

「チャットでも自分のことを『私』っておっしゃってたから、絶対に女性だと思い込んでいました」

「そうだったんですか、すみません」

まさかそうとは知らなかったとでも言いたげに、今度は彼が面食らった表情をする。

そしてすぐに、困った風に眉を下げた。

「――でも誤解しないでくださいね。サーヤさんのことを騙すつもりではなかったんです。オンラインゲームでは、実際とは逆の性別を選ぶことも珍しくないので。それに、私としては中身が男性であることを隠してプレイしているつもりもなかったんです」

彼の言い分に心当たりがないわけではなかった。よくよくハルカさんとのチャットを思い返してみると、彼のキャラクターの風貌や丁寧な口調から自分が勝手に女性だと信じ込んでいただけだったのではと思い至る。彼の言う通り、女性を騙っていたわけでも、男性であることを秘密にしていたわけでもないのだ。

「……私もちゃんとハルカさん――いえ、カワオカさんに確認するべきでした」

慣れ親しんだ名前を訂正してしまったのは、ハルカさんの正体が男性であると頭では理解していても、まだ心では納得できていないからだ。

私は手にした名刺に書かれている彼の名前を視線でなぞりつつ、その下にとても見覚えのある社名が記載されていることに気が付く。

「……『リバーヒルズプランニング株式会社』って」

「ご存知ですか？」

「ご存知もなにも……私が働いてたのはここのカフェです」

つい先週まで勤務していた『リバーヒルズカフェ』を展開しているのが『リバーヒルズプランニング株式会社』だ。リーズナブルかつおしゃれなカフェや居酒屋というコンセプトのもと飲食事業の企画、経営、運営を行っている会社で、なかでも最もその名が世間に浸透している『リバーヒルズカフェ』は、都心部を中心として全国に約一二〇店舗を構えている。

「奇遇ですね。サーヤさんが働いていたのは私の会社のカフェだったんですか」

私の会社。ラグジュアリーな言葉の響きに、私は再度名刺に視線を落とし、名前の真上に位置しているにもかかわらず、まったく眼中になかった肩書きをようやくチェックする。

――代表取締役。えっ、それってつまり、社長さん？

じゃあうちのカフェの社長さんがハルカさんってこと？

次から次へと、雪崩のように勢いよく押し寄せる情報の数々に眩暈すらした。だめだ、追いつかない。

「サーヤさん、大丈夫ですか？」

「……はい」

嘘だ。しっかりと混乱している。内情に伴わない返事のあと、私は気力を振り絞って口角を上げ、続けた。

「いろいろとびっくりしてしまって。とにかく、早とちりしてしまってすみませんでした。では、私はこれで失礼しますね」

「どこかへ行かれるのですか？」

名刺を手にしたまま立ち上がって一礼する私の姿に、慌てた彼も立ち上がった。そして瞠目して訊ねる。

「ハルカさんが男性だと知った以上、ここでお世話になるわけにはいきませんから。別の場所を探してみます」

「親御さんもお友達も頼れないんでしょう？　行くあてはあるんですか？」

「……それは」

もちろん、他にあてなんてないけれど――初対面の、ひとり暮らしの男性とひとつ屋根の下なんて、どう考えても健全ではない。

頼ろうと思ったのはハルカさんが女性だと思っていたからだ。その前提が崩れてしまった今、このまま彼のもとに身を寄せるわけにはいかない。

「慎重になる気持ちはわかります。だから最初、私も言い出しにくかったという部分はありますしね」

彼はすべてを察して理解を示してくれながらも、「けれど」と強い語気で続けた。

「サーヤさん。あなたがゲーム上で私に話してくれたことが真実なのだとしたら、他に行く場所なんてないはずです。あなたに無礼なことはなにもしないと約束しますし、望むのなら一筆書いても構わない。それに」

私の手元にある自身の名刺に視線を注いでから、彼は再び私の顔を見つめた。

「正直、あなたの働いていたカフェがうちの系列のカフェだった、というところにも責任を感じています。最近閉店通知が来たというと、カトレアスクエア店ですよね？」

うなずきを返すと、彼は残念そうに小さく息を吐いた。

「売り上げは悪くなかったんです。ただ、建物の問題でどうしても閉店するしかなかった。あなたが仕事を失ったのは、もとを辿れば私のせいと言っても過言ではないでしょう。であれば、少しの間だけでも償わせて頂くわけにはいきませんか？」

「償うなんて」

反射的に首を横に振る。建物の老朽化が原因なら、あの店が閉店したのは彼のせいでもないし、責めるつもりはないというのに。目の前の美しい顔をした彼は、その顔を申し訳なさそうに歪めて熱心に訴えかけてくる。

「店がなくならなければ、あなたは仕事を失わなかった。なら、やはり巡り巡って私のせいであるのは事実です」

「そんな、河岡さんもおっしゃってたように、原因は建物にあるんですから。河岡さんのせいなんてことはないですよ」

「どちらにせよあなたに他に頼る場所がないとわかってしまっている以上、このまま知らんぷりをして送り出すわけにはいきません……とはいえ、サーヤさんの気持ちが最優先ですから。男性である私の家に滞在するのがどうしても嫌で信用できないというのであれば、止める資格はないのかもしれませんが」

「……別に、そういうわけじゃ」

そんなに悲しそうな表情をされてしまうと、ついつい否定の言葉が口をつく。

事実、嫌だとか信用できないとかいうわけじゃない。性別を一旦置いておいてもいいのであれば、ハルカさんのことは信用している。逆に言えば、だからこそ初対面であるにもかかわらず、こうして図々しくも押しかけたのだから。

でもハルカさんは男性だったわけだし。独身の男女が同居するっていうのは、世間的には同棲になるわけで。

――あぁ、どうしたらいいのかよくわからなくなってきた。

様々な思考で頭がぐちゃぐちゃになりながら、私は河岡さんを見つめた。

心の底から心配そうに私を見つめる眼差しは、とても悪いことを考えていそうには見えない。

というか、やましいことがあるなら、わざわざ名刺まで渡して身分を明かしたりするだろうか。しかも、この人は社会的に地位のある人だ。『望むなら一筆書いてもいい』とまで言い切る彼が、なにもかもを失うリスクを冒してまで私に悪さをしようとするとは、到底考えられない。

もしかしたら、私が警戒しすぎているのかもしれない。彼の言う通り、他に行く場所がないのであれば、少しの間だけでも泊めてもらっていいのではないだろうか。

「あの……じゃあ、すみませんが……お世話になります」

散々考え抜いた末、私は彼の言葉を信じ、やはりここに置いてもらうことにした。躊躇いがちに、けれど深々と再び頭を下げると、河岡さんはホッとしたように表情を綻ばせた。

「ええ、そうしてください。……では早速、お部屋に案内しますね。荷物は小牧《こまき》さん――お手伝いさんが運んでくれているので、そのままどうぞ」

「あ、ありがとうございます」

私は河岡さんに促されると、私に宛がってくれたという部屋に向かうべく、廊下へと出たのだった。

第三章　「私に家事をさせてください！」

翌朝六時半。スマホのアラーム音で目覚めた私がむくりと上体を起こしたとき、一瞬、自分がどこにいるのかわからなかった。

広々としているスプリングの利いたダブルベッドと、つやつやとした上質なシルクのシーツはもちろんのこと、伸ばした足の向こう側に見える仕立てのいいカーテンも、木製のスタイリッシュなライティングデスクとチェアも、そのとなりに置かれた観葉植物の鉢植えも、すべてに馴染みがない。

辛うじて、俯いたときにベージュのギンガムチェックのパジャマの襟元が見えたおかげで、少しだけ安心した。これは普段から私が愛用しているものだからだ。

――そっか。昨日からハルカさんのお家にお世話になってたんだった。

考えること数秒。状況を把握すると、私はベッドから起き上がり、まず窓辺のカーテンを開けた。この時季は早朝でも十分に明るく、眩しい日差しに思わず目を細める。

明るくなった周囲を再度見渡してから、私は備え付けのクローゼットを開け、昨夜のうちにしまっていた衣類を取り出し着替えを済ませた。ゆったりとしたシルエットの、カーキ色の半袖ワンピースは、この家にはラフすぎるのだろうけれど、手持ちのなかではまだましなほうだ。

洗面用具や化粧ポーチを抱えると、音を立てないようにそっと廊下に出る。広々とした通路を抜け、緩やかなカーブを描く階段を下りると、大きなソファとテーブルのあるリビングルームに辿り着く。この家の天井は吹き抜けになっていて、開放的かつ陽の光を取り込みやすい造りになっているようだ。

まだ人影のないその場所を通り過ぎ、奥にある通路を進んだ先の二つ目の扉を開け、明かりを点けた。ここがパウダールームとバスルームであることを昨日のうちに家主から教えてもらっていたのだ。

白を基調としたその場所は、ゆとりがあっていい意味で生活感のない空間。横長の洗面台の上部には鏡張りの収納が、両サイドには手のひらサイズの観葉植物がいくつか置かれており、ピカピカに磨き上げられたシンクは二つ。まるでリゾートホテルにでも来たみたいだ。

バスルームへはガラス扉で仕切られており、そちらも広々としている。昨夜使わせてもらったけれど、大きなバスタブにはジャグジーも付いていて、誰かのお家であることを忘れそうだった。

私はシンクの片方に位置取ると、洗面用具と化粧ポーチを置いて身支度を始める。顔を洗い、スキンケアをして、それからメイク。普段、出勤前にバタバタと慌ただしく済ませているものを、これでもかというくらいゆっくりと時間をかけてみる。

この時間に起きなければいけなかった理由は特になく、いつもの習慣で設定していたアラームを解除し忘れただけだった。カフェに勤めていたころはオープンから十七時まで、というのが定番のシフトだったから、この時間に起きて支度をし、耀くんとふたり分の朝ごはんを作り、洗濯物を干して、軽く掃除も済ませてから出発する……という生活だったのだ。

もうそんな暮らしに戻ることは二度とないのだろう。食事作りや家事など、耀くんの身の回りのお世話は見知らぬエリカさんの役目になったのだと思うと、なんともいえない虚無感が襲ってくる。

弱気になっちゃだめだ。辛いときこそ笑顔を忘れるべからず。捨てる神あれば拾う神あり。前向きでさえいれば、幸運はやってくる。ハルカさん――いや、河岡さんが私に救いの手を差し伸べてくれたみたいに。

昨日はゲストルームの一室に案内されたあと、荷物の整理をしてから、お手伝いの小牧さんが作ってくれた夕食を河岡さんとふたりでとった。

昨夜のメニューはイタリアン。アクアパッツァに夏野菜のカポナータ、それと生ハムとクリームチーズのジェノベーゼ。どれもお店で食べるみたいにおいしかった。作ってくれたご本人に感想を伝えようとしたころには、もう彼女は帰宅してしまっていた。河岡さん曰く、小牧さんは週五回、八時〜十七時というシフトで河岡邸に通っているのだとか。先週までの私のシフトに酷似していたので、親近感を抱いてしまったりして。

リビングのとなりにあるダイニングスペースで、向かい合って食事をしている最中、河岡さんと私はお互いに自己紹介をした。

河岡悠大さん。三十歳。お父様が業界では有名な飲食系のコンサルタントをされているため、河岡さん自身も飲食業界に興味を抱いたのだそう。

大学生のときに一年間アメリカへ留学。そこで出会った仲間に刺激され、在学中に起業。出会い頭の唐突なハグに『まるで外国人』と連想したのはあながち間違ってはいなかった。そういう文化に接していたという名残なのかもしれない。

チェーン展開している『リバーヒルズカフェ』のネーミングは、彼の苗字である河岡を直訳したものだ。なんでも、知人から『思い入れのある名前のほうが頓挫しにくい』という話を聞き、それを参考にしたらしい。

この家は正確には彼のお父様のものだそうなのだけど、働きづめだったお父様は早々にリタイアして、長閑な郊外に土地を購入し、そちらに建てたお家にお母様と暮らしている。なんとも裕福なご家庭らしいエピソードだな、と思った。

それらの情報から得る華々しいイメージの割りに、彼は敏腕経営者でありながら偉ぶった態度や鼻につくような発言を一切しない人だ。話し方にも品があり、ときにはユーモアを交えて友好的に接してくれる。『FU』のハルカさんのイメージそのまま、という印象だ。

私自身のことも改めて伝えた。森崎紗彩、二十四歳。私立の四年制女子大を卒業後、中小企業の営業として働き始めるも、その年に友達の紹介で知り合った耀くん——元カレと付き合い始めた。

一年後、彼の地元で同棲を始めるのを機に退職。本音を言えば、勤めている会社を辞めたくはなかったのだけど、『結婚するなら地元で暮らしたい』が口癖の耀くんの希望を叶えたい気持ちがあったし、そのエリアからだと通勤に二時間半もかかることがわかったので、苦渋の選択だった。

……今となってはもったいないことをしたけれど、結婚するのなら距離の問題で遅かれ早かれ辞めなければいけないのだし、当時は耀くんとお別れするなんてこれっぽっちも思っていなかったのだ。それは彼も同じだったのだと信じたい。

『リバーヒルズカフェ』で働き始めたのは、前職が営業だったこともあり、人と接する仕事がしたいと思ったからだ。大学時代のアルバイトを含め、飲食業界で働くのは初めてで、最初は上手くいかないこともあった。けれど、祖母の教え通り笑顔で真面目に働いてるうちに少しずつ評価してもらい、例の『正社員にならないか』というお誘いを頂くまでになった――というわけだ。

経営者である河岡さんに『正社員に誘われていた』なんて言ったら、まるで就職口を頼っているように聞こえてしまいそうで気が引けたので伏せたものの、彼のものとは比較にもならないほど地味でパッとしない私の経歴に、彼は時折優しく相槌を打ちながら、真剣に耳を傾けてくれていた。よくできた人だ。

なんとなくお互いを知れたところで、その場は解散。せめて後片付けくらいはさせてほしいと食器洗いを申し出て、それを済ませてからお風呂を借り、ゲストルームで就寝。同じ家のなかに見知らぬ男性がいるのだからと気を張っていたけれど、そんな心配は杞憂に終わったみたいだ。

昨日の出来事を思い返しながらメイクを済ませた私は、再び廊下に出て、ゲストルームに戻ることにする。

夕食のとき、河岡さんは私に、『ここにいる間は自分の家のように自由に過ごして構わない』と言った。何時に起きて何時に寝ても構わないし、食事のタイミングも自由。彼自身も、気が向いたときに小牧さんが作ってくれた作り置きの惣菜を冷蔵庫から出して食べているそうで、私も同じようにしていいのだと言う。

居候の身としては、そんな好待遇が申し訳なくて、お礼代わりに少しでもなにかお手伝いができたらと思うのだけど……『そういうことは小牧さんがやってくれるから大丈夫』と、丁重に断られてしまった。

こんなによくしてもらっておいて、なにもしないというのが落ち着かない。とはいえ、河岡さん本人がそう言ってるのであれば、それに従うべきなんだろうけれど。

一時はどうなることかと思ったけれど、河岡さんに声をかけてもらえて本当に助かった。いつか然るべきタイミングでこの恩を彼に返そうと、心の内で強く誓った。

「……あ」

リビングスペースに出ると、パジャマ姿の河岡さんが足を組んでソファに座り、スマホを片手に誰かと通話している姿が目に入る。私は思わず立ち止まった。

深いネイビーの無地のパジャマは大人っぽくて、男の色気のある彼にはとても似合っている。この光景を切り取って写真にしたら、そのまま寝具メーカーのカタログに使えそうなくらい。

改めて、その整った顔立ちにほれぼれした。ハルカさんの正体がこんなにカッコいい人で、そのイケメンの家に泊めてもらっているなんて。未だに現実感がない。

……あれ。彼の表情が硬い。それに困ったように眉を顰め、ずいぶんと低いトーンで話している。寝起きは声が低くなりがちだけど、そういう理由ではなさそうだ。

怪訝に思っているうちに、通話を終えたらしい河岡さんがスマホを下ろし、私の視線に気が付いた。そして。

「……サーヤさん、おはようございます」

わざわざ立ち上がると、昨日と同じ朗らかな笑みを浮かべて挨拶してくれた。

「おはようございます、か……河岡さん」

私は軽く会釈をしながら、早足で彼のいるソファへと向かった。

彼のほうは私をゲーム上での名前で呼ぶけれど、明らかに男性である彼を目の前にすると、『ハルカさん』と呼ぶのがどうしても慣れない。戸惑いつつも、彼を苗字で呼ぶことにする。

「昨夜はよく眠れましたか？」

「はい。とっても」

彼のほうはそんな些細なことなど気にしていないようだ。ちょっと気まずい思いをしていたのは自分だけだと確信を得てホッとしながら、うなずきを返した。

「──あの、なにかトラブルでもあったんですか？」

私の問いかけに、河岡さんが意外そうに目を瞠った。

「ごめんなさい、お電話で深刻そうにお話ししてる姿が見えてしまったので」

「そうだったんですか」

彼は気が付かなかったとでも言いたげに眉を下げると、小さくため息を吐いた。

「……そう、トラブルといえばトラブルですね。重大な」

パウダールームを出る際、スマホで時刻を確認したのが七時過ぎ。まだ頭がぼんやりしている時間帯だ。平凡すぎる生活を送っている私には想像することしかできないけれど、きっとそれだけ経営者というのは大変なのだろう。

「大変ですね、こんな時間からお仕事なんて」

「あ、いや……仕事の話じゃないんです」

てっきりそうだと思っていた。不思議に思い首を傾げると、河岡さんが続けた。

「実は、お手伝いの小牧さんのご家族が倒れられて、彼女は今病院で付き添っているそうなんです。それで、今日はひとまずお休みされるのですが……どうも、あまり容態がよろしくないようで。もしかすると、一週間程度、場合によってはそれ以上のお休みもあるかもしれない、という連絡でした」

「そうだったんですか……」

「もちろん、小牧さんのご家族のことも心配なんですけど……自分自身の心配もしなければというのもありましてね。恥を忍んで言いますが、私は家事の類が苦手で、一切したことがないんです」

「一切って、今までずっとですか？　子どものころとかも？」

「はい。両親も仕事で日中は家を空けていることが多かったので、家事は全般的に外注していたんです。小牧さんとは両親と同居していたころからの長い付き合いで、両親が家を買って移り住んでからも継続してもらっている状態です」

彼女は河岡家の家事のすべてを担っているのだと、昨日のうちに聞いていた。そんな彼女がしばらく来られないかも——というのは、確かに痛手だろう。

「紹介会社にお願いして誰かに来てもらおうと考えてるんですが、自分と接点がない人を家に入れるのは抵抗があって、積極的にお願いしたいとは思えないんですよね。なので、困ったな、と」

「なるほど……」

これは、思ったよりもずっと早く恩を返すべきタイミングが来たのではないだろうか。私はつい今しがた自分に立てた誓いを思い出し、口を開いた。

「小牧さんの代わり――が務まるかどうかはわからないんですが、もしよければ彼女がお休みする間、私が家事をするっていうのはいかがでしょう？」

「サーヤさんが、ですか？」

「はい。プロ並みとはいかないかもしれないですが、炊事洗濯掃除は好きなので」

差し出がましいと思わないでもなかったけれど、私の窮地を救ってくれた河岡さんが困っているのを見過ごすわけにはいかない。

なにも持たない私だけれど、幸い家事のスキルだけは人並みに持ち合わせているつもりだ。彼女が帰ってくるまでの繋ぎくらいにはなれそうだ。

「……でも、サーヤさんにそんなことをさせるなんて」

「いえ、河岡さんには感謝してもし足りないくらいなんです。行き場のない私にこんなに親切にしてくださって――」

そこまで言ってから、直前の彼の言葉が頭を過り、私は「あ」と言葉を区切った。

「でも、知り合ってまだ間もない私が、お家のなかのことをあれこれするのは心配に思われるかもしれないんですが」

素性が知れないという意味においては、紹介会社からやってくるお手伝いさんと私は変わらない。むしろ紹介会社のお手伝いさんたちのほうが雇い先のチェックが入っている分、信用に足ると言えるのではないか。それに気が付いてブレーキをかける。

「そんなことないですよ」

ところが河岡さんは、間髪入れずに首を横に振った。

「確かに、他人を迎え入れることに対しての心配はあります。だから紹介会社の人を呼ぶのに抵抗があるわけですけど……でも、それとサーヤさんは別です。サーヤさんとはゲーム上ですが、一年以上の付き合いがありますから、信頼しています」

私が顔の見えない河岡さんに信頼を寄せていたのと同様に、彼もそんな風に思ってくれていたということだろうか。私の心を見透かしたみたいに、彼が微笑む。

「だからこそ、こうして自宅に招いたんです」

「あ……ありがとうございます」

顔の見えないコミュニケーションでも——いや、見えなかったからこそ、自分の振る舞いを認めてもらえていたような気がしてうれしかった。

「お礼を言うのはこちらのほうです、本当にいいんですか？　家のことをお願いしてしまっても」

「というか、させてもらったほうが気が楽かもしれないです。お世話になりっぱなしだと申し訳なくて」

ゲスト扱いされるのに慣れなくて、逆に肩が凝って疲れてしまう。ましてや、家主が困っているというのに知らんぷりというのは気が引ける。

「そういうものですか」

「そういうものです」

口調を真似て返すと、彼は噴き出すように笑った。

「……わかりました。では、サーヤさんのご厚意に甘えて、家事をお任せしてもよろしいでしょうか」

「もちろんです。頑張りますので、よろしくお願いします」

私はその場で深々と頭を下げたあと、すぐに顔を上げる。

「早速ですけど、河岡さん、朝食をとる時間はありますか？」

河岡さんは少しびっくりしたような表情を浮かべてから、手の中のスマホで時刻を確認する。

「そうですね。今日は比較的ゆとりのあるスケジュールなので」

「なら、すぐに用意しますから、少しだけお待ちください」

私は手に抱えていた洗面用具や化粧ポーチをソファに置いてから、キッチンへと急いだ。

「お待たせしました」

四人がけのダイニングテーブルの上には、こんがり焼けたバタートーストと、トマトとチーズのオムレツ。グリーンサラダの上には小牧さんが作り置きしてくれたポテトサラダを添え、刻んだベーコンと玉ねぎを入れたコンソメスープ、デザートとして少量のバナナにプレーンヨーグルトとハチミツを添えたものが並んでいる。

「これ、今の間に作ったんですか？」

私が食事を作っている間に、パジャマからワイシャツとスラックスに着替えた河岡さんが高いトーンでそう発した。

「はい。小牧さんのお惣菜もちょっと借りましたけど」

「すごいですね。わずかな時間にこれだけ作るなんて」

「そんな褒めてもらうような内容じゃないです。誰でも作れる簡単なものですから」

謙遜でもなんでもない。自炊をしている人なら作れて当然なメニューだ。

かかった時間は二十分程度。調理器具の場所や冷蔵庫になにが入っているかなどを予め把握できていたら、もう少し早く出来上がっていたかもしれない。

朝は時間との勝負だから、作る順番の工夫やなにもしていない時間を減らしつつ、後片付けも同時進行で終わらせることが最も重要だ、と個人的には思う。だから頭のなかでは主食を軸に、ご飯ならこれ、パンならこれという献立のパターンが出来上がっており、それらをそのときの材料に応じてアレンジしつつローテーションを組んでいる。平たく言ってしまえば日々の習慣のおかげというわけだ。

「いえ、大したものです。慣れない環境でこれだけスピーディーに何品も作るなんて、普段から料理をされてる証拠ですね」

「家事は私の担当だったんです。料理は好きなので、全然苦じゃなかったですけどね」

「どれもおいしそうです。せっかくだから、温かいうちに頂いてもいいですか？」

「はい。お口に合えばうれしいです」

河岡さんがダイニングテーブルの椅子に座ったのを見届けてから、私もその向かいに腰かけた。

「いただきます」

ごく自然に、けれどきっちりと両手を合わせるその所作は、昨夜も目にした光景だ。

彼の育ちのよさを感じる。

彼が初めにチョイスしたのはオムレツだ。今朝のは形が上手くいった自信作。ふんわりとした玉子とトマト、そして溶けたチーズと少量のケチャップが合わさったそれを、手にした箸で端っこを切り取るようにして口元に運ぶ。

「すごくおいしいです」

咀嚼して飲み込んだあと、彼は瞳を細めてそう言い、さらにもう一口頬張った。

――よかった。気に入ってもらえたみたいだ。

安心したので私も彼がそうしたように両手を合わせてから、箸を手に取った。まずは褒めてもらったオムレツから。……うん。慣れ親しんだいつもの味だ。おいしい。

「いや、すごい。私のようにまったく料理ができない人間からすると、まるで魔法みたいですよ」

「魔法ですか」

大げさな物言いがおかしくて笑った。二年前、初めて手料理を振る舞ったときにまったく同じ言い回しをした人物のことが脳裏に浮かぶ。

「……一緒に住んでた彼も、最初はそんな風によろこんでくれました。結局、フラれちゃったわけですけど」

俯いて、スープカップを満たすコンソメスープの上に耀くんとの記憶を映し出す。

同棲をしてしばらく経つと、耀くんは私が毎食の支度をすることにすっかり慣れて、なにも言ってくれなくなった。それ以前は、「おいしい」とか「いつもありがとう」とか、料理に対する感想や感謝の言葉を口にしてくれていたのに。

別に感想をもらえないのがいやとか、感謝されたいとかじゃなくて、彼からの愛情表現だと思っていたから、それらの言葉が目に見えて減ったことが寂しかった。思えばそのころから、耀くんの心は私から離れていたのかもしれない。

ふっと顔を上げると、河岡さんが少し悲しそうな顔でこちらを見ていた。私は慌てて口元に笑みを作る。

「あ、すみません。ちょっと思い出しちゃって」

「いえ」

彼がつられるように小さく笑って、スープの入ったカップを軽く掲げた。

「スープもおいしいです。昔から料理が得意なんですか?」

「私、お祖母ちゃん子だったんですよね。祖母とは同居だったんですけど、『女の子なら料理はできたほうがいい』って考え方だったので、物心ついたころからお手伝いをして、徐々にひとりでできるようになった感じです」

「そうだったんですか」

「おかげで、大学進学の際にひとり暮らししたときも、身の回りのことは自分でどうにかすることができたので、祖母には感謝しているんです」

女子大で過ごした大学時代、私の周囲は箱入り娘が多かったのか、味噌汁に出汁を入れることを知らないどころか、炊飯器でご飯を炊く手順すら知らない友人が少なくなかった。彼女たちは、ランチ時に私が作ってくるお弁当を見てよく感心してくれたものだ。自炊のスキルがあったことで食費も浮きつつ健康的な食生活を送ることができたから、幼いころから叩き込まれていて本当によかった。

「お祖母さまは、ご健在なんですか？」

「私が中学生のときに亡くなりました。でもどういうわけか、当時からいなくなってしまった感じがしないんですよね。私が祖母の遺してくれた言葉を常々自分に言い聞かせているからかもしれないんですけど」

「それ、どんな言葉なんですか？」

「河岡さんは、『因果応報』ってご存知ですか？」

「意味は、もちろん」

私が発したフレーズを頭のなかで反芻するような間があってから、彼がうなずく。

「祖母は私が小さい時から、それを口癖のように言い続けていました。たとえば私と兄が喧嘩をして叩かれたとき、仕返しをしようとすると『人に悪いことをすると必ず自分に返ってくるからだめよ』って。実際、そのあと兄は母にひどく怒られたりして」

「なるほど」

その光景が目に浮かぶとばかりに、河岡さんは喉を震わせて笑った。

「説得力がありますよね。因果応報ってあるなぁって子ども心に思ったんです。だからどんなときも真面目に、前を向いて笑顔で頑張っていれば、自ずと自分の周りも笑顔になれる出来事で溢れるはずなので、それを心がけてます」

「素敵ですね」

「はい。祖母を人としても女性としても尊敬しています」

「お祖母さまももちろんですけど、サーヤさんご自身も素敵です。どんなときも笑顔でいられるのが理想ですけど、実行するのはなかなか難しい状況も多いですよね」

「おっしゃる通りです。つい感情のままに言い返したくなってしまったり、不機嫌な顔をしてしまうこともたくさんあって……毎度は上手くいかないです」

「でもその考え方、とても素晴らしいと思います。私は好きですね」

河岡さんの言葉に、心臓がドキンと音を立てて跳ねる。

今の台詞が特別な意味なんて持たないものであるのは百も承知だけど、現実味がないほど端整な顔立ちの彼が真剣な眼差しで『好き』と言葉を紡ぐ姿は、まるで映画のなかのワンシーンでも見ている気分だった。

「あ……ありがとう、ございます。祖母もよろこぶと思います」

いけない、変に意識してしまう。私は悟られないように努めて平静を装おうとするけれど、動揺で声が上ずってしまっているのはまるわかりかもしれない。

お仕事前の河岡さんは、白いワイシャツにネイビーのスラックス姿で、胸元にきっちりと同じネイビー系のネクタイを締めている。昨日の夕食のときにも思っていたけれど、いかにも仕事をバリバリとこなせそうな雰囲気が漂っていてカッコいい。なおさらドキドキしてしまう。

浮き沈みの激しい飲食の世界で十年近くも好調を維持し続けているというのだから、よほどの才覚があるのだろう。平凡を地で行く私とは縁遠い人生を送っている人だと言える。

カッコよくて、仕事ができて、人柄も穏やか。独身だと話していたけれど、彼ほど魅力溢れる男性なら、当然彼女のひとりやふたりくらいいるのだろう。その人を差し置いて、彼のそばでお世話をすることへの少しの罪悪感が生じるものの、反面、役得だと思ってしまう自分がいる。

ダイニングテーブルの上に並べた私の手作りの朝食を、ふたりで一緒にとる。そのあと、お仕事に行く彼を見送って——まるで、新婚さんみたいだ、なんて。

「……さん、サーヤさん？」

「あっ」

目の前の河岡さんが不思議そうに私の顔をじっと見つめている。話しかけられていることにまったく気が付かなかった。

つい最近、こっぴどくフラれたばかりなのにそんな妄想にふけってしまうとはゲンキンだ。私の精神状態も結構持ち直してきたのかもしれない。自分自身の単純さに感謝しなければ。

「——すみません、ぼーっとしてました。なんでしょう？」

「ごちそうさまでした。おいしかったです」

テーブルの上を改めて見渡すと、河岡さんの分の食器の中身は綺麗さっぱり片付いていた。彼はそれらの食器を手前に引き寄せ、順に重ねていく。

「あっ、そのままで大丈夫ですよ。私が全部やりますから、河岡さんはお仕事に行くきっとキッチンまで運んでくれるつもりなのだろう。私は彼の動作を制するように言葉を挟む。

「そうですか？　でも……」

彼の顔に申し訳ないという感情が滲むのがわかる。私が家事をすると宣言したものの、彼のほうはまだ私の扱いに戸惑っているのかもしれない。

「小牧さんが戻るまでは、できる限り彼女の代わりになれるように頑張りますから。河岡さんも気を遣わなくて大丈夫ですよ。いつもと同じように過ごしてください」

宿泊先を提供してくれた彼に、私ができることといったらこれくらいしかないのだから、まっとうさせてほしい。

私がはっきりとそう告げると、彼はその場で頭を下げた。

「……ありがとうございます。助かります」

「いえいえ。……お時間は大丈夫ですか？」

テーブルの脇に置いたスマホで時刻を確認すると、もうすぐ八時をまたごうとしているところだった。

「もうそんな時間ですか」

彼は意外そうに声を上げて、椅子から立ち上がった。

「そろそろ出る準備をしないと。サーヤさんとお話ししていたら、ついつい時間を忘れてしまいました」

「ごめんなさい。私、べらべら喋ってしまって」

朝は一日のなかで最も一分一秒が貴重な時間帯であるのを知っていたのに。つい、彼を引き留めるような話をしてしまっていたことを反省する。

「いえ、そうじゃなくて。楽しくて、という意味です」

「……それならよかったです」

どうやら迷惑がられてはいないみたいで一安心する。

年上の男性特有の、穏やかで包容力のある雰囲気が私を饒舌にさせたのかもしれない。彼との会話は温かい毛布に包まれたときのように心地よく、リラックスできるような気がした。

「――そうそう、ついでに、ひとつだけいいですか」

階段のほうへ足を向けようとしたそのとき、思い出したように彼が言う。それから素早い所作で再び椅子に腰かけ、テーブルの上で自身の両手を組み、真面目な顔で私をじっと見つめてくる。

「ゲームのフレンドとはいえ、ご縁があってこうして生活をともにしているわけですから、『河岡さん』というのは少し寂しい気がします」

「……そ、そうですよね……」

てっきりスルーしてもらえたと思っていた呼び方が、彼の気掛かりだったらしい。

確かに一年来のフレンドである彼を苗字呼びするのは他人行儀なのかもしれないけれど、かといって『悠大さん』では距離が近すぎる気がする。

こういうとき、ほどよい距離感を示せるのは愛称だけど、私が呼べそうなものはひとつしか思い浮かばない。

「『ハルカさん』……ですか？」

彼と知り合ってからずっと呼び続けていた呼称を口にする。女性を連想させる響きにやはり違和感が拭えないけれど、他にしっくりくる呼び方も思いつかないし。

文字では数えきれないほど発信したであろうその名を聞いて、河岡さん――改めハルカさんが笑みをこぼした。

「『河岡さん』よりはそちらがよさそうです。すみません、些細なことなんですけど、気になってしまったもので」

「私こそ、よそよそしかったみたいですみません、どうしても女性のイメージがついてしまっていて、正直に言うと躊躇ってしまいました」

私が小さく頭を下げると、彼は組んだ両手を解いて片手を振った。

「謝らないでください。サーヤさんの気持ちもよくわかります。でも、呼んでいくうちに馴染むと思うので、勝手なことを言うようですが最初だけ頑張ってください」

「わかりました」

ハルカさんの言う通り、違和感が生じるのは最初だけ。呼び続けていくうちに馴染んでくるに違いない。呼び方にも、彼が男性であるということにも。

「そろそろ本当に準備をしないと。あとのこと、よろしくお願いしますね」

「はい、任せてください」

私は支度をするために席を立った彼に、胸を叩いて言ったのだった。

◆◇◆

「お料理の腕前も、品数も、素晴らしいと思います。なにも問題ございませんよ」

「ありがとうございます、よかったです」

リビングスペースにある豪奢なシャンデリアが放つ明かりと、大きな窓から入る夕焼けのオレンジ色とが、ダイニングテーブルに並べられたふたり分の料理を温かく照らしている。

私は、小牧さんの言葉に恐縮しつつも胸を撫で下ろした。

本日、丸一日休みだったはずの彼女が河岡邸にいるのは、倒れたご主人が一ヶ月程度入院することに決まり、しばらくそのサポートに専念するという報告のためだった。

報告と言っても形式上で、すでに一報は小牧さんからハルカさんへ伝えられている。その際、彼女が不在の間は私がこのお家の家事の一切を担うという話が伝わったようで、ご主人との面会を早めに切り上げ、今後のための引継ぎをしにきてくれたという意味合いが強いようだ。

実は小牧さんが到着する少し前、ハルカさんから私に電話が入った。内容は、小牧さんが復帰するまでの一ヶ月間、私に家事代行をしてほしいという正式な依頼だった。『小牧さんが戻るまで代わりをします』と宣言したけれど、正直一ヶ月間という長丁場になるとは思っていなかった。今後の職探し・家探しのこともあるし、どうしたものかと考えたけれど、私は積極的に引き受けることにした。もとはといえば自分で言い出したことだし、やはり『因果応報』の四文字と、お祖母ちゃんの顔が頭を過ったからだ。

ハルカさんは史上最大の私のピンチを救ってくれたのだから、その厚意には厚意で応えなければいけない。頭のなかのお祖母ちゃんの物言いたげな表情に「わかってるよ」と返事をしてから、電話口のハルカさんに「私でよければ、ぜひ」と答えた。

彼はその一ヶ月間、賃金を支払うと言ってくれたのだけど、私は丁重にお断りした。あくまで私の目的は彼への恩を返すことであり、お金を稼ぐためじゃない。

当初そう告げても、ハルカさんはなかなか納得してくれなかった。一ヶ月も私の時間を拘束するのだから、それなりの対価を支払うのが当然だと。

朝起きてから寝るまでの間ずっと家事をしているわけではないだろうし、お仕事の合間を縫って就職のための情報誌を読んだり、家探しのウェブサイトをチェックしたり、実際に現地に赴いたりすることもできる。

むしろ一ヶ月もじっくりと自分のこれからを考えられるのは、大変ありがたいことなのだ。住居の心配をせずに猶予ができ、私にとっては好都合だ。それらのことを丁寧に説明してやっと彼は了承してくれた。

昨日は髪を後ろで束ねて上下黒の装いをしていた小牧さんは、髪を垂らし、白いポートネックのカットソーにライトブラウンのワイドパンツを身に着けている。顔色が明るく見える装いのために昨日よりも二、三歳は若く見えたけれど、思いがけず気を揉んだせいなのか、表情はやや疲れていた。

今夜のメニューは、デミグラスソースのハンバーグに目玉焼きを乗せたものと、にんじんのグラッセ、玉ねぎのマリネ、ブロッコリーのサラダと、コーンクリームスープ。これにライスを添える。

小牧さんが作り置きしてくれたお惣菜は、私の昼食にさせて頂いたので、夕食はすべて私が一から作ったもの。朝は時間がなかったこともあり、ハルカさんの食べ物の好みを聞くのを忘れてしまった。だから、無難にあまり嫌いな人はいないであろうハンバーグをメインに献立を組み立てることにしたのだ。

スマホのホーム画面は十八時半を知らせている。ハルカさんは出がけに『十九時くらいまでには戻ります』と言い残していったから、もうすぐ帰宅するはずだ。

「それにお洗濯の干し方、アイロンのかけ方も完璧でした。この調子ですと、お掃除も大丈夫そうですね」

テーブルの前に立つ小牧さんが振り返り、視線を料理から彼女の後ろに立つ私へと移した。

彼女が到着したころ、私は一階のパウダールームのとなりにある、ランドリールームなる物干し部屋を兼ねたスペースで、干した洗濯物を畳んだり、アイロンが必要なものにはアイロンをかけたりしていたため、手順や仕上がりを確認してもらったのだ。

それにしても、ランドリールームの存在には驚いた。私みたいな庶民の感覚では、洗面所の近くに洗濯機が見えないと不思議に思ってしまうものだ。実際、昨夜お風呂を借りたときに「あれ？」と思ったのだけど、こういう豪邸ではそれ専用の部屋があるのだと知って納得するとともに衝撃を受けた。

「どこかで家事代行をされていたご経験でもあるのですか？」

「いえ、まったく」

私は首を横に振る。家事を仕事として請け負ったことはなかった。だからこそ洗濯物の取り込みやアイロンがけが一段落したあと、彼女が見守るなかで料理をすることが、思いのほか緊張したのだ。味見をしてもらう瞬間は、受験期の合否発表直前みたいな気分になってヒヤヒヤしたけれど、合格を得られて本当にホッとした。

「まあ、そうなんですね。でも、森崎さまになら安心してお任せできそうです」

小牧さんは意外そうに眉を上げたけれど、すぐににっこりと笑みを浮かべた。

「ほ、本当ですか？　恐縮です」

「お世辞抜きに、一般的な紹介会社の水準以上だと思いますよ。いつも悠大さんにご用意しているものや、細かい部屋ごとのルールなんかは、さきほどお渡ししたメモを見て参考になさってくださいね」

「小牧さんも大変なときですのに、どうもありがとうございます。助かります」

普段からこのお仕事に従事している彼女に太鼓判を押してもらえると心強い。それに、どのお宅にも生活する上での暗黙のルールが存在するものだから、それを家事を担当する人から直接教えてもらえるのは大変ありがたかった。先刻受け取った、彼女がご主人の病室で急いで纏めてくれたというメモは、今後とても役に立ちそうだ。

「いいえ、お礼を言うのはこちらのほうです。……お仕事に穴を開けてしまうと心配していたんですが、森崎さまが代わりを引き受けてくださると伺い、安心いたしました。本当にありがとうございます」

小牧さんは心底そう思っていることを示すみたいに、腰を折るようにお辞儀をした。

「頭を上げてください。ご存知かと思いますが、私もこちらに少しの間お世話になるので、少しでもその恩返しができればと思っただけなんです」

「なにかご事情があるのだということは伺っています。昔から悠大さんはお優しい方でして……困っている方を放っておけないところがあって」

ゆっくりと頭を上げた彼女は、少し誇らしげにそう言った。

「長いお付き合いなんですよね、ハル――いえ、河岡さんとは」

おそらく私とハルカさんとの関係を知らないであろう小牧さんの前で、彼をキャラクターネームで呼ぶのは憚られた。咄嗟に呼び直しながら訊ねる。

「悠大さんが小学生のときからですから、もう二十年以上になりますかね。私には子どもがいないので、こうして傍でお世話をさせて頂いていると、おこがましくも母親のような気持ちになることもあります。あの寂しがり屋でかわいらしかった悠大坊ちゃんが、こんなに立派になって――なんて」

確かに小牧さんくらいの年齢ならば、ハルカさんのような息子がいてもおかしくはないだろう。『悠大さん』という、距離の詰まった呼び方にも合点がいった。両眼を細めうれしそうに話す表情は、まさしく自慢の息子について語るときのようだ。

「河岡さんって、寂しがり屋だったんですね」

「はい。旦那様も奥様も常にお仕事がお忙しくて、お家を空けることが多かったので。おふたりが不在のときは、私どもお手伝いが泊まり込んでいましたね。そんな夜は、心細そうにため息をついていらっしゃったのをよく覚えています」

「そうでしたか」

お父様が飲食業界の有名コンサルタントであるのは聞いていたけれど、お母様もバリバリのキャリアウーマンだったようだ。こんな風に過去のエピソードを語ることができるのは、それだけ小牧さんが彼に寄り添っていたからなのだろう。

「……あの、ちなみに河岡さんは、私のことをなんて？」

「森崎さまは悠大さんのご友人だと伺っていますが」

暗にそうではないのかと問われたような気がして、私は慌てて「いえ」と言った。

「その……河岡さんとは古くからのお付き合いではないですし、小牧さんとも以前から面識があったわけではないので、そんな私にいきなり家事を任せることを、不安に思われたりしないのかなって」

ハルカさんを息子同然に大切に思っているのだとしたら、いくら家主が了承しているとはいえ、急に出てきたどこの誰ともわからない小娘に大切な家のことを任せるのに実は抵抗があるのでは、と思ったのだ。

友人と言えば聞こえはいいけれど、ゲームのフレンドだ。それを友人と呼ぶのであれば事実だろうけれど、なんだか後ろめたさを感じてしまう。

「悠大さんは優しい方ですが、警戒心の強い方でもあるんです」

ところが、小牧さんは私の懸念を感じ取ったみたいに穏やかに言った。

「だからなるべく一度決めたお手伝い以外は家に入れません。私がどうしても都合をつけられないときは、わざわざお手当を付けて、ご両親のところで働いているお手伝いを呼び寄せることもあります。それくらい慎重なのです」

今朝、本人の口からも同じようなことを聞いた。私が小さくうなずくと、彼女はさらに続けた。

「お仕事柄いろんな方と関わる機会が多いですし、人に対する観察力も優れていらっしゃると思います。そんな悠大さんがあなたにこの家の家事を任せてもいいとおっしゃるのは、ご友人であるあなたを信頼しているからではないでしょうか。私は悠大さんの判断を常に信用していますし、それに従うのが仕事だと思っておりますから、不安に思ったりなんてしませんよ。さきほども申し上げましたが、森崎さまの家事のスキルは申し分ありませんし」

「……そう言って頂けるとうれしいです」

「それにね、森崎さま。なにか悪いことをしようと企んでいる人は、そんないじらしいことをおっしゃったりしませんよ」

小牧さんがにこやかにそう言った直後、玄関のほうから微かに扉の開閉音が聞こえた。彼女が目配せをするようにこちらへ視線を向ける。

「――悠大さんがお帰りになったようですね」

小牧さんの後ろに付いて、細長い廊下を通り玄関へと向かう。玄関先にある精緻な作りのペルシャ絨毯につま先が当たるのと、この家の主人が扉を潜ってきたのはほぼ同時だった。外のむわっとした空気が流れ込んでくる。

「お帰りなさいませ」

「お、お帰りなさいませ」

なんとなく小牧さんに倣ったほうがいい気がして、彼女のとなりで頭を下げる。

「小牧さん、大変なときにわざわざすみません。それにサーヤさん、今日一日ありがとうございます。そしてもうしばらく、お世話になりそうですが……」

ハルカさんは小牧さんと私、それぞれに視線をくれながら、申し訳なさそうに眉根を寄せる。

一瞬、ゲームでの名前を呼ばれたことにドキリとしたけれど、小牧さんの反応は至って普通だった。音だけ聞けば、『紗彩』も『サーヤ』も区別がつかないのだから、当たり前か。安心しながら、私は「はい」と答えて続けた。

「改めて一ヶ月間、どうぞよろしくお願いします」

「森崎さまの家事スキルは素晴らしいです。さきほどまではお料理を見させて頂いたのですけど、お上手なのはもちろんのこと、とにかく手際がよくて時間の使い方が合理的です」

「そんな、うれしいんですけど……褒めすぎです」

さっきもそうだったけれど、自分ではプロの人に褒めちぎられるほどの力があるとは到底思えなかった。畏れ多くて両手を振るけれど、ハルカさんはにこにこしながら小さく首を横に振った。

「いえ、小牧さんはこの道二十年以上の大ベテランです。彼女がそう言うのだから間違いないですよ。なにせ、私が小学生のころからお世話になっている人ですから」

「ちょうどその話をしていたところです。ですよね、小牧さん」

「はい。悠大坊ちゃんの小さいときの話を、少し」

小牧さんがあえてかつてそう呼んでいただろう呼称を口にすると、案の定ハルカさんは困ったように笑った。

「やめてください。もう坊ちゃんなんて歳じゃないんですから」

照れているような、困惑しているような表情は初めて見た気がする。年上の男性に抱く感想ではないけれど、少しかわいいと思って噴き出してしまった。小牧さんも同じように片手で口元を隠して笑っている。

ひとしきり笑ったあと、小牧さんはお手伝いさん然とした真面目な表情で正面のハルカさんを見つめた。

「森崎さまなら安心して留守をお任せできます。申し訳ございませんが、少しの間お暇を頂きます」

「ええ、了解しました。入院のサポートは体力的にも精神的にも辛いかもしれませんが、快方に向かうことを祈っています」

「どうか、お大事になさってください」

ハルカさんの言葉に続いて私が言うと、小牧さんは「ありがとうございます」と頭を下げた。それから、なにかに気が付いたように小さく「まあ」と声を上げる。

「玄関口でお引き留めしてしまってすみません、悠大さん、たった今、森崎さまがディナーを作ってくださいましたので、どうぞなかにお入りください」

「す、すみません、気が付かなくて」

家の主を立たせたままだったことを、今さらながら申し訳なく思う。けれど、ハルカさんは少しも気にしていない様子で首を横に振った。

「――昼間は慌ただしくて軽食を摘まんだだけだったので、とても楽しみです。早速頂きたいですね」

「はい、承知しました」

私は大きくうなずくと、靴を脱ぐハルカさんを置いて、スープを温め直すために一足先にキッチンへと舞い戻ったのだった。

「ごちそうさまでした」

「お粗末様でした」

両手を合わせるハルカさんに、私は会釈するように頭を下げた。

あのあと、明日の支度をするということで小牧さんはすぐに帰宅した。用意した料理を余すことなく平らげた彼の表情は満足そうで、食後にと淹れたコーヒーを啜ってから再び口を開いた。

「どれもとてもおいしかったです。これから毎日サーヤさんの作ってくれた食事を頂けるのが、改めて楽しみになりました」

「ありきたりなものばかりですけど、そう言って頂けると救われます」

「謙遜しないでください。本音ですよ」

「普段作っているものをそのままお出ししているだけですし、そんなに褒めて頂けると恐縮してしまいます。本当に、誰でも作れるようなものなので……」

平素であれば特別に褒められる機会のない私が、今日だけでふたりの人に絶賛されているというのが不思議だった。語尾が消え入りそうになったのは、なんとも言えない居心地の悪さを感じているせいだ。

「サーヤさんは謙虚なんですね。もっと自信を持ってもいいと思いますよ。プロの小牧さんがあれだけ言うのですから大したものです」

「褒められるとあとが怖い感じがします。期待を裏切らないように頑張らないと」

「張り切る必要はないですよ。サーヤさんのおっしゃる通り、普段通りにしているだけだというなら、マイペースにこなして頂ければ十分です」

「ありがとうございます」

自分のペースでいいと言ってもらえるのであれば、幾分気が楽になる。私は彼にお礼を言ってから、自分の分のコーヒーカップを手元に引き寄せ、一口飲んだ。

ハルカさんはカフェを経営しているだけあってコーヒーが好きらしく、食後には欠かさず飲んでいるのだという。朝は目覚まし代わりに苦みとコクのあるマンデリンを、夜は甘い香りのするグァテマラのカフェインレスを、それぞれブラックで飲むのが習慣であると、小牧さんからもらったメモに書いてあった。

私自身もコーヒーは好きだけれど、せいぜいそのときの気分でブラックかカフェオレかを選択する程度で、豆の種類を意識して飲むようなことはない。そんな私が彼の満足するようなコーヒーを淹れられるのか自信がなかったけれど、河岡邸にはミル付き全自動コーヒーメーカーなるものがあると知って安心した。これは水とコーヒー豆さえセットすれば機械が勝手においしいコーヒーを淹れてくれる優れものなのだ。

豆から挽いたコーヒーはインスタントのものより断然おいしいし、香りが豊かだ。それに肩の力がふっと抜けるような、心地のいいくつろぎの時間を得ることができる。

ハルカさんは忙しさの合間にも、このリラックスした時間を得るためにコーヒーを飲んでいるのかもしれない。

彼がスマホをチェックしながらその時間を楽しんでいる間に、私は飲みかけのカップをそのままに、夕食の後片付けを済ませてしまうことにする。

私の性格と習慣によるものなのだけど、食後のお皿は少しでも早く片付けたい。時間を置くと汚れが落ちにくくなるし、やるべきことは早めに終わらせてあとに時間を使えたほうがいい。

ありがたいことに、この家には食洗機があったため、後片付けは普段の三分の一くらいの時間で済んだ。ダイニングテーブルに戻ってきても、飲みかけのコーヒーはまだ温かいままだ。

「お風呂に入られるときはおっしゃってくださいね。沸かしますので」

椅子に腰を下ろしながら言うと、彼はスマホから視線を外して顔を上げた。

「ありがとうございます。でも、自分でできることは自分でしますから、サーヤさんもゆっくりしてくださいね」

「ハルカさんこそお気遣いなく。家事は私のお仕事なので」

「小牧さんには私が不在の間に家のことをやってもらっているだけですし、彼女とは十七時までの契約なので。この家にいる間ずっと働き通しでは疲れてしまいますよ」

そこまで言うと、彼はなにかに気が付いた風に眉を上げた。

「というか、すみません。私の配慮が足りなかったです。終わりの時間を決めないと、サーヤさんも過ごしにくいですよね」

「いえ、全然。お家にいさせて頂く間は、なんでもやらせてもらうつもりだったので」

「ですが、それではあまりに大変ですし、なにより申し訳ないです」

なんの見返りもなくお家に置いてもらっている身だし、それくらいは当たり前だと思っているのだけれど、ハルカさんは違うらしい。ほんの少しだけ口調を強めた彼の表情には困惑が浮かんでいる。

……まぁでも確かに、ハルカさんが言うことも一理あるか。最初は頑張れても、一ヶ月もの間オンオフのない日々が続くと、息切れしてきそうな気もする。

それに、ハルカさんだって仕事を終えてようやく一息つこうとしているときに、私が横でバタバタしていると落ち着かないのかもしれないし。

少しの間思考を巡らせたあと、私は口を開いた。

「わかりました。では、お帰りの時間次第で夕食の時間も変わると思うので、夕食の後片付けをもってその日のお仕事に一区切りつけさせて頂く、とかはどうですか？」

時間で区切るよりも、作業で区切ったほうが上手く回るだろう。

職務上お忙しいだろうハルカさんの負担を減らしたいのも当然あるのだけれど、後片付けまでが料理だ、と祖母から言い聞かされてきたからか、用意をしたからには洗い物までを自分で終えられないと気持ちが悪いのだ。

「もちろん構いませんよ。サーヤさんがそれでよろしければ」

私は快くうなずいた。

「――ということで、今はプライベートの時間なわけですが」

ハルカさんが、まるで内緒話でもするときみたいに囁くような声音で言ったのは、彼が発した言葉の通り、勤務時間との境界線をはっきりと示すためなのかもしれない。

彼は手にしていたスマホのディスプレイを天井を向くような形にしてテーブルの上に置いた。

「昨日は初日ということで切り出しにくかったんですが……サーヤさんが我が家にいらっしゃると決まったときから、ぜひお願いしたいことがあったんです」

「お願いしたいこと、ですか？」

私が首を傾げると、ハルカさんはテーブルの上に身を乗り出すように、やや私との距離を詰めてくる。そして、まじまじと私の顔を覗き込んだ。

「サーヤさんだからこそ、お願いしたいことなのですが……」

私だから――とは、やけに含みのある言い方だ。口元にうっすらと笑みを湛えた彼の表情を窺ってみるけれど、そこからはなにも読み取ることができない。

それにしても、相変わらずハルカさんは端整な顔立ちをしている。長いまつげに囲まれた大きな瞳でそんなに熱っぽく見つめられると、否が応でも心臓が忙しい音を立てる。

どうしてそんなに真剣な目で私を見るのだろう。私の心の奥を覗こうとでもしているみたいな意味深な瞳は、ただただうろたえるばかりの私の顔を映している。

この雰囲気はなに？　無言で見つめ合って間がもつのは、カップルくらいのものだ。

自分で連想した『カップル』という単語にハッとする。

まさか。ハルカさんってば私のこと……？

いやいや、待って。ハルカさんのように地位も名誉も美貌も兼ね備えている人が、私みたいな平凡な女に興味を抱くはずがない。

素敵な男性に免疫がないから見とれてしまって、変に意識しちゃうんだ。冷静に、冷静に——

自分を落ち着かせようとする気持ちとは裏腹に、もしかしてという予感につられて鼓動が加速していく。

「あ、えっと、なん、でしょうか」

思わせぶりな間に耐えられず、ついに音を上げてしまった私に、ハルカさんはにこやかにこう口にした。

「付き合ってもらえませんか」

予感が現実に変わり、私は固まった。

付き合う？　ハルカさんと？

いったいどうすれば——と頭のなかが沸騰しそうになった直後。

「——ゲームに」

「え」

次いで聞こえてきた言葉に肩透かしを喰らい、がくっと身体の力が抜けた。

ゲームって、『FU』のこと？

「サーヤさんとは、これまでお互いの顔を知らずとも楽しく遊べたのですから、となりで遊ぶことができたらもっと楽しめるのではないかな、と考えていたんです」

「はぁ……」

「本当は昨夜も、サーヤさんがオンラインになっていればお誘いして遊ぼうかなと思ったのですが、いらっしゃらなかったので」

彼の言う通り、昨日は『FU』を起動していない。普段はほぼ毎日遊んでいるけれど、さすがにこの慣れない環境ではそんな気になれなかったから。

これ以上ないくらいの緊張のあとだったので、私は抜け殻になった気分だった。

いくらなんでも自惚れが過ぎる勘違いだ。ましてや、彼がフラれたばかりの女に言い寄るわけないのに。

でも、奇遇にも私も同じようなことを考えたりしていた。ハルカさんと顔を合わせて、直接言葉を交わしながら遊んでみたい、ハルカさんのお家に住まわせてもらっている間は、そういうチャンスもあるのではないか、と。

「私もハルカさんとゲームしたいって思ってました」

「本当ですか？」

私が言うと、彼は至極うれしそうに笑みを浮かべた。大人っぽく艶っぽい風貌に似合わない、いたずら盛りの少年みたいな表情だ。

「はい。是非一緒に遊びましょう」

「ありがとうございます。では、始めましょうか」

彼はテーブルの上のスマホを拾い上げると、片手で操作を始める。それに倣い、私もワンピースのポケットのなかにしまっていたスマホを取り出して、『FU』を起動した。

「期間限定クエストがやってましたよね。それにします?」

ゲームのホーム画面のアイコンを眺めながら訊ねると、ハルカさんがうなずく。

「そうですね。私はまだ全然手を付けていないので、最初からになってしまいますが」

「私もです。ちょうどよかったですね」

『FU』ではメインクエストの他に、季節にちなんだ装備やアイテムが獲得できる期間限定クエストというものがあった。物語の本線には関係ないし、装備やアイテムも実用的というよりはコレクション色が強いものなので無視するプレイヤーもいるけれど、私とハルカさんはそこそこ熱心に追いかける性質だ。

ホーム画面からパーティー編成をする画面に移り、私はフレンドリストのなかからオンライン中と表示されているハルカさんを自分のパーティーに召集した。

画面上のフレンドという文字を確認するようにもう一度視線でなぞる。世界のどこかに存在するだろうとはわかっていたけれど、その相手が目の前にいるなんて、まだ実感がない。

「そうだ、先月の期間限定クエストは全部こなせました？」

「いえ、ハルカさんと進めたところまでです。中盤のボスに意外と手こずってしまって、結局そこでタイムアップでした」

「ああ、あれ中ボスの強さじゃないですよね。私もあらゆるアイテムを駆使してなんとか突破できた感じです」

「えぇ、すごい。よく勝てましたね」

まったく歯が立たなかったことを思い出して、私は舌を巻いた。

「やり込んでいるフレンドに攻略法を教えてもらいながらだったので」

「いいですね、羨ましい」

話しながら、自分の声のトーンがいつもよりもはしゃいだものになっているのに気が付いた。と同時に、これまで彼と交わしたどんな会話よりもテンポよく言葉の応酬が行われているという事実にもまた気が付き、面白いなと思う。

ハルカさんとこうしてゲームの話をしていると、昨日初めて会った人であることを忘れてしまいそうになる。彼とはゲーム上で共有できる情報や思い出がたくさんあって、湧き水のように次から次へと溢れてくる。時間さえ許せばいつまでも話していられそうなのが不思議だ。

「今度そのフレンド、紹介しますね。その人なら、サーヤさんのお眼鏡にも適うと思うので」

「本当ですか？　うれしいです」

彼が懇意にしているフレンドであれば、ぜひ仲良くさせて頂きたい。

「——でも、お眼鏡に適うだなんて、むしろこちらが恐縮しちゃいますよ。ゲームの上手な人から見れば、私のほうが足引っ張っちゃうのに」

ゲームには勘というものが存在するような気がしている。今まで様々なゲームを遊んできた人は自然とその勘が備わっていて、その場に応じて的確な操作ができるけれど、私のように不慣れな人間にはまったく働かない。ゆえに、一緒にパーティーを組んでいるプレイヤーに歯がゆい思いをさせているのではと密かに心配している。

「いえ、ゲームの上手さということではなくて、サーヤさん、マナーの悪いユーザーは苦手でしょう?」

「どうしてそれを?」

ハルカさんに直接打ち明けたことはないはずなのに。スマホの画面から顔を上げると、同じように顔を上げた彼と瞳がかち合った。驚く私の顔を見て、ハルカさんはおかしそうに小さく噴き出したあと、またスマホに視線を落とす。

「一緒に遊んでいればわかりますよ。言葉がきつかったり、その行動はちょっとどうかなと思う人と、二回目は遊ばないでしょう」

「バレてましたか」

「私も苦手なのでわかるんです。勝てればなんでもいいとか、周りの人のことを考えないとか、そういうプレイスタイルの人が。だからこそ、サーヤさんと遊ぶのが心地いいんですかね」

後半、自分のことを話しているのにそうではないように聞こえたのは、彼が自分の気持ちを俯瞰して言葉を発しているからなのだろう。

「私もです。他のどのフレンドよりも、ハルカさんと遊ぶと心地いいし、楽しいって思えるんです。ハルカさんにもそう思ってもらえてよかった」

相手が自分と同じ感情を抱いていてくれたのが単純にうれしい。クエスト出発に向けて装備を選択する指先も、自然と軽やかになる。

「なら私たちは両想いってわけですか」

「か、からかわないでくださいよ」

おどけた言い方をする彼に、ついつい口を尖らせる。さきほど勘違いしてしまったのを思い出して、恥ずかしい気持ちもあったからだ。

「からかってるつもりはないですよ。そうならいいなと思っているだけで」

「え？」

どういう意味だろう、と私は再度スマホから顔を上げて訊ねた。それまでよりずっと控えめな声音だったから、聞き間違いだったのかもしれないけれど。

「いえ、こちらの話です」

ハルカさんは気にしてくれるなとでも言いたげに優しい笑顔で話を打ち切ると、

「さあ」と画面の先にある仮初の世界を示した。

「――私のほうは準備ＯＫですよ。サーヤさんのいいタイミングで、クエストを開始しましょう」

「あ、はいっ」

手早く装備を整えるうちに、彼の言葉に抱いた疑問も忘れてしまった。

私たちはそれからしばらくの間、現実とも虚構とも識別しがたい楽しい時間を過ごしたのだった。

■□■

彼女とのゲームを切り上げ、自分の部屋に戻ったのは二十四時すぎ。日付が変わった直後だ。普段、翌日のパフォーマンスを考えて日を跨がないうちにベッドに入るようにしている自分にしては、珍しく夜更かしをしていることになる。

食事を終えたのが十九時前。そこから『FU』を始め、いくつかのクエストを終えたあとに、専務の日高《ひだか》から「お休みだったらすみません」とかかってきた電話で、二十三時を過ぎていることを知った。日高との電話を終えると、完全に時間の感覚を失っていた自分と彼女は慌ててゲームを止め、風呂を沸かした。

『時が経つのも忘れてこんなに熱中したの、久しぶりかもしれないです』

風呂が沸くまでの間に、彼女がぽろっとつぶやいてくれた言葉がうれしかった。

熱中したということは、その間だけでも他のことを忘れられたのだろう。自分がその手伝いができたならなによりだ。

シャワーを軽く浴びただけなのに、すでに汗ばみそうなくらい暑い。パジャマの袖を肘まで捲くってみるけれど、気休めにしかならなかった。夏はいつもこうなるのがわかっているから湯船には浸からないことにしているが、ちっとも報われていない。

『すみません、ハルカさんの寝る時間、とっくに過ぎちゃってますよね。先にお風呂入ってください』

風呂が沸いたので先に入るように促すと、彼女は申し訳なさそうに、けれど譲らないと示すような強い調子でそう言った。

別に眠いわけではなくてただの習慣だからと答えたけれど、律儀な彼女は『滅相もない』とばかりだったので、素早く済ませてしまうことにした。

彼女とバトンタッチして、すぐに三階にある自分の部屋に上がってきた。入浴中に、会って間もない異性が近くの部屋にいるのは落ち着かないだろうと思って、昨日もそうしている。

ベッドに転がると、クーラーの冷風が湯上がりの肌の熱を少しずつ奪ってくれる。

手のなかのスマホの画面は、さきほどまで彼女と過ごした仮想世界を映し出していた。

オンラインゲームというものに初めて触れたのは、もう十年くらい前のこと。言語の壁があるために周囲とのコミュニケーションが上手くいかずにフラストレーションを抱えていた留学初期に、日本語が恋しくなったのがきっかけだった。自分の隙間時間に別世界を冒険できるという、手軽さと達成感とを兼ね備えたツールに感銘を受け、以降プレイするゲームタイトルを変えながら、生活をおろそかにしない程度に続けている。

普段の自分はゲームに縁がなさそうに見えるらしく、比較的新しい友人や職場の人間にその話を振ると「河岡さんもゲームとかするんですね」と多分に驚かれる。もともとなにごとにも熱心にやり込むタイプなので、傍で好きなゲームの話題が上がるとつい会話に加わらずにはいられなくなるのだが、イメージとのミスマッチが原因なのか周囲のちょっと引いたような反応を受けて、最近はゲームをしていること自体を黙っている。それゆえに、誰かとその長年の趣味について思う存分語りたいという気持ちは常にあった。

『サーヤ』と名乗る彼女の第一印象はすこぶるよかった。たしか初めて一緒に遊んだときも、期間限定クエストだったと思う。ゲーム上で無作為に組まされたパーティーでクエストをこなすという催しだったはずだ。

『操作が遅かったらすみません。まだ慣れていないもので』

パーティーを組んだ直後、画面に流れた礼儀正しい発言が妙に印象に残っている。

彼女がゲーム初心者であるのは、チャットでの諸々の発言や彼女が申告した通りのぎこちない操作ですぐにわかったけれど、必死に他のプレイヤーのアドバイスに従おうとしているところや、誰に対しても誠実に返答する様子に好感を抱いた。

フレンドになって一緒に遊ぶようになり、チャットで頻繁に言葉を交わすようになってからは、それまでよりも距離感の縮まった口調のなかから優しく素直な人柄が伝わってくるようで、好感はさらに増した。

多くのクエストをともにこなすうちに、気が付くとクエストに挑む時間よりも彼女とチャットをする時間のほうが長くなっていたし、『FU』のアプリを開くときに真っ先に頭に思い浮かべるのは彼女の姿だった。

もちろん姿とはキャラクターの姿形であり、現実における彼女の確かな情報はなにもなかった。口調や雑談の内容でおそらく独身の若い女性であると推測できたけれど、これまでちょこちょことオンラインゲームを遊んできた身としては、推測はあくまで推測であり、実際とはかけ離れていることも十二分にあり得ると知っている。そもそも、彼女がチャットで発言する内容そのものがゲームの世界と同じ虚構である可能性だってあるのだ。

それでも慌ただしい毎日の終わりに、彼女と過ごす時間は心地よく、癒された。

経営店舗のトラブル対応が続いたり、会議や商談、セミナーなどが重なったときはぐったりして夜を迎えることもあるけれど、そういう時分にチャットで『仕事が忙しくて目が回りそうでした』とか、『レジ対応が遅れて店長に叱られちゃいました』と、報告をしてくれる彼女をかわいらしいと感じていた。ときに共感し、励まし、『お客さんに接客を褒めてもらいました！』など、いい報せのときはともによろこんだ。

毎日ログインを欠かさない彼女が、二日、三日と姿を見せないと、身体の調子でも悪いのだろうかと心配になったりもした。それくらい、『FU』を遊ぶ上で彼女の存在は大きくなっていた。

自分にとって彼女は、紛れもなく、かけがえのない友人のひとりだった。……いや。白状すれば、友人の括りには収まりきらない領域まで到達していた。

それを意識したのは、彼女が同棲している彼氏の話をするときに感じる、うっすらとした苛立ちだ。

初めは、単に他人の惚気話を聞くのが得意ではないのだと思っていたけれど、新婚の日高の口からそういう話を聞かされても終始微笑ましいとしか感じないことに気が付き、もしやと頭を過るものがあった。

自分は彼女の彼氏に嫉妬しているのだろうか。

我ながら馬鹿げていると思い、自嘲的な笑みがこぼれた。

すぐに、きっといい部分しか見えないからなのだ、と自分に言い聞かせた。ゲーム上でしか接点がないということは、自分にとって都合の悪い部分が目に入らないということ。実際の人間関係で生じる煩わしさがないから、錯覚しているだけなのだ、と。

理性で納得しながらも、感情は違った。自分で自分がわからなくなり、動揺する。

たかがオンラインでの繋がりしかない相手に、こんな感情を抱くなんて不思議でたまらない。顔も年齢も、なにもかもを知らない相手に惹かれるとは。きっとこの先、彼女のことを深く知ることも、会うことすらもないだろうに。

つい一週間ほど前までは本気でそう思っていた。彼女から件の相談を受けるまでは。

仕事と婚約者を同時に失った彼女の気持ちは察するに余りある。瞬間的に、そんな彼女を助けてあげたいと思ってしまった。幸いなことに、自分の家はひとり暮らしには広すぎるから、彼女が望むならしばらくの間、一部屋都合したって構わない。

けれど、一方で早まるなとブレーキをかける自分もいた。

彼女が真実を述べている保証なんてどこにもない。仕事を失ったことも、恋人を失ったことも、すべて嘘なのかもしれない。そんな不確かな事情を信じ、見知らぬ人間を自分のテリトリーに入れてしまってもいいのだろうか、と。

ふたつの思考のせめぎ合いの末、彼女にこう訊ねていた。

『部屋が余っているので転居先が決まるまでうちに来ませんか？』

彼女がありとあらゆる嘘をついていても――たとえば、彼女が女性ではなく男性だったとしても――これまでたくさんのチャットを交わしてきた『サーヤ』という友人は画面越しに実在する。その人を助けたいと思う気持ちが、最終的には勝ったのだ。なにを根拠にと言われてしまいそうだけれど、自分のなかでは彼女は大丈夫であるという予感があった。これまでのやりとりのなかで、彼女ならば信じられるという漠然とした自信が生じていたのだ。

彼女のほうはというと、最初は冗談だと思っていたようだし、こちらが本気であることがわかると戸惑っていた。会ったこともない人間からそんな誘いを受けたとなれば、仕方がないだろう。

断られるのであれば、それでも構わなかった。ただ、彼女が困っているときに見て見ぬふりをするのがいやだっただけなのだ。

だから彼女が『少しの間泊めてほしい』と言ってきたときは、少し意外に思ったものだ。と同時に、それだけ切羽詰まった状況なのだと辛くも思った。

そして昨日。日付を跨いだからもう一昨日になるのか。彼女と対面した瞬間、頭のてっぺんからつま先まで、雷に打たれたような衝撃を受けた。

彼女――『サーヤ』こと森崎紗彩は、想像以上に素敵な女性だった。

柔らかく弧を描く薄い眉と、目尻の下がった垂れ気味で優しそうな目。鼻や唇などのパーツは全体的に小ぶりで、ナチュラルなブラウンに染めた髪は、肩の上でやや外側にはねている。身長はやや小さめで、一五〇センチ前半くらいだろうか。

美人というよりはかわいいとかキュートなイメージ。彼女がゲーム上で操っているキャラクターに雰囲気がよく似ていた。彼女の風貌と、チャットでの真っ直ぐで慎ましい発言が違和感なくリンクする。

この目の前のかわいらしい女性がサーヤなのだと理解したと同時に、身体の内側を爽やかな一陣の風が吹き抜けていくのがわかった。そして、思わず彼女をこの腕で抱きしめてしまったのだ。会いたかった。ごくごく自然にこぼれたその言葉が、出会った瞬間に恋に落ちたことを揺るぎなく示していた。

我に返り、慌てて平静を装ったけれど、彼女に不快感を与えてしまっていたかもしれない。知らない男に抱き着かれて平気な女性なんていないだろうから、悪いことをしてしまった。

想定外だったのは、『サーヤ』が『ハルカ』を女だと思っていたことだ。

オンラインゲームにおいて男性ユーザーが女性キャラを使用するのは珍しくないだろうし、容姿に合わせた名前を設定するのは自然な成り行きだと思うので、むしろ彼女が自分を一ミリも男性だと疑っていなかったことのほうに驚いたくらいだ。

意図的に女性のふりをしていたわけではないけれど、事実を知って帰ると言い出したことから察するに、はなから『ハルカ』が男だとわかっていたのなら、きっと彼女はこの家に来ることはなかったはずだ。そう考えると、勘違いをしていてくれてよかったのだ。でなければ、おそらく永遠に彼女と出会うことはなかっただろう。

彼女がうちの会社の系列のカフェの店員だという偶然もあり、職を失わせてしまったお詫びも兼ね、なんとか留まってくれることとなりホッとした。若い女性が行く宛てもなく街をさまようのは危険だという気持ちももちろん強いけれど、彼女ともう少し話をしてみたかったのが本音なのかもしれない。

対面してわずか二日しか経っていないけれど、現実での彼女もゲームのなかでそうだったように、素直かつお人好しな性格であることがわかった。

小牧さんの代わりを買って出てくれたときがその最たるものだろう。突然のアクシデントに正直困り果てていたのだけれど、彼女の機転の利いた申し出に救われた。

彼女だって他人の世話にかまけている場合ではないだろうし、さすがにゲストである彼女に家事をお願いするのは悪いと断ったのだけれど、『家に置いてもらっているお礼がしたい』と強く訴えてくれて、本当にありがたい。

さらに、彼女が小牧さんが認めるほどの家事スキルを持ち合わせていたのもうれしい誤算だった。小牧さんは、籍を置いている紹介会社の新人教育を任されるプロ中のプロだ。厳しい目を持つ彼女があれだけ褒めるのだから、これ以上のピンチヒッターはいないだろう。

働くことこそ生きる意味であると言わんばかりの両親を今は尊敬しているけれど、幼いころは孤独を感じることも多かった。だから、これまで惹かれる異性といえば家庭的な雰囲気のある人ばかりだった。彼女もその例にもれない。

お付き合いをするにしても、そろそろ結婚を意識せずにはいられない年齢だ。二十代のうちにはひたすらに仕事に傾けてきた情熱を、いい加減に別の場所にも向けなければいけないのはわかっていた。

――そんなとき、不意に現れた彼女に心を奪われたのだ。彼女を知れば知るほど、恋焦がれてしまう。

重ねて、つい先刻。彼女と遊ぶ『ＦＵ』の世界は、夕立のあと空にかかった虹のように、あるいは真夏の暑い日に揺らめく陽炎のように、限りなく幻想に近い現実だった。色にたとえるなら、艶やかに咲く薔薇の色。彼女と言葉を交わしながら、手のひらの世界に没頭していると、時間の流れの速さに驚いた。

『ハルカさんと遊ぶと心地いいし、楽しいって思えるんです。ハルカさんにもそう思ってもらえててよかった』

もし、彼女が本当に自分と同じ感情を抱いてくれているならどんなにいいだろう。

傲慢な思いを抑えきれなくなって、うっかりこぼしてしまったのは反省しなければ。

今、失意のなかにいる彼女を動揺させてはいけない。彼女はつい最近、職と一緒に結婚間近かと思われた彼氏を失ったばかり。それも事情が事情だけに、ひどく傷ついているのは明白だ。

許してくれるのであれば、彼女の支えになりたい。エゴを承知で言うなら、誰よりも傍で彼女の傷を癒し、頼られる存在になりたい。

そのためには、今は自分の想いを告げるべきではない。擦りむいた彼女の心に瘡蓋ができるまではそっと見守り、然るべきタイミングで伝えよう。

時間はかかっても構わない。表向きには平気な顔を見せている彼女の内心に渦巻いているだろう悲しみや怒りが落ち着くまで、いくらでも待つつもりだ。少なくともあと一ヶ月は猶予があるのだし、焦る必要はない。

ベッドサイドに置いてあるデジタルクロックをなんの気なしに眺めてみたら、もう二十四時半になろうとしていた。

内心で苦笑せずにはいられなかった。今日はどうしてこんなに時が経つのが早いのか。あり得ないと知っていても、まるで秒針の早さが倍速になったみたいだ。

明朝は九時から経営戦略のミーティングがある。いい加減に休んでおかなければ、明日の自分が後悔しそうだ。一度起き上がると、部屋の明かりを消して再びベッドに横になり、シーツを被った。

……瞼の裏に、にこにこと微笑んでスマホを操作するサーヤの姿が蘇り、胸になんとも言えない甘酸っぱい感覚が走った。

まだ眠気は訪れそうにない。想い人のシルエットをなぞりながら、ひたすらに意識にまどろみの波が覆いかぶさってくるのを待つことにしたのだった。

第四章　同居生活に吹く恋の嵐！

慣れない豪邸での生活に緊張していた私だったけれど、十日も経ったころには力みが抜け、ほどよく背筋が伸びる感覚で日々の家事に励んでいた。

「お夕食ができました」

私はテーブルセットを終えると、リビングスペースのほうへと身体を向けた。そして、ちょうど仕事の通話を終えたハルカさんにそう呼びかける。ソファに座っていた彼は、「はい」と答えてから立ち上がり、たった今料理を配膳し終わったダイニングテーブルまでやってくる。

「今夜もとてもおいしそうですね」

これまでに出したメニューの数々を、彼は例外なくすべて「おいしい」と言ってくれている。とはいえ、果たして今回も満足してもらえるだろうか、と毎食ごとにドキドキしてしまうのだ。

「早速、頂いてもいいかな」

「もちろんです」

彼はテーブルに着くと両手を合わせ、右手にフォークを取った。

今日は気温が三十五度を超えたということで、涼しくなれるメニューをと、メインをトマトとモッツァレラチーズの冷製パスタに決めた。付け合わせにゴーヤやナス、黄パプリカ、アスパラガスなどを合わせた夏野菜のサラダにレモンビネガーのドレッシングをかけたものと、グリーンピースのポタージュで彩りを意識してみた。

「デザートにオレンジソースのレアチーズムースも用意しています」

「それは楽しみですね」

デザートの言葉にハルカさんが無邪気に笑う。

例の小牧さんメモのおかげで、彼が甘いものが好きだと知ることができた。煙草は吸わないし、お酒も付き合い程度。その代わりにというわけではないけれど、スイーツの類には目がないとのことだ。なかでも、ニューヨークチーズケーキやザッハトルテのような濃厚で食べ応えのあるお菓子をよく買って食べるらしい。

少しでもハルカさんによろこんでもらえる献立を立てたいので、好物のデザートを織り交ぜたかった。けれど昼食は忙しいためなかなかゆっくりとれないせいか、ハルカさんは夕食をかなりしっかり目にとる。その勢いでそれらのこってりしたお菓子を出すのはあまり健康によくないだろう。ムースなら口当たりもいいし、まだ軽いほうに入るかなと思い、爽やかなオレンジソースと合わせて作ってみることにしたのだ。

「どれもおいしくて、食べすぎてしまいそうです。ムースが入る余裕があるか心配になるくらい」

「それはよかったです」

一通り手を付けた彼がこれまでの例にもれず褒めてくれたので、思わず口元が綻ぶ。

ハルカさんがこうして毎食ごとに必ずうれしい感想を伝えてくれると、強いやりがいを感じるのと同時に、心が満たされた。寒い冬の夜に温かい飲み物を口にしたときのような、心の内側からじんわりと温まるみたいなよろこび。

この人のために、もっとおいしいご飯を作りたい。もっとよろこんでくれる顔が見たい。そう素直に思える。

彼のリアクションを確認してから、フォークをひと巻きして冷製パスタを頬張ると、心地よい甘みと酸味が喉を通り抜けていく。まずまずの出来だ。

食事をしている彼をじっと眺めていると、小牧さんメモに書かれていないことにも気付いたりする。

食べ物の好き嫌いはないと聞いていたけれど、お魚よりもお肉を出したときのほうが反応がいい。セロリやパクチーのような香りの強い野菜がほんの少し苦手。パンも好きだけれどお米はもっと好き。濃いめの味付けよりもやや薄味に仕上げたもののほうがよろこんでくれる。

……などなど、食の好みに関することに限定しても次から次へと発見がある。

他にも、どんな献立のときも残さず全部食べてくれるとか、食事のときの姿勢や箸やフォークなどのカトラリーの使い方が綺麗だったり、食べ終わったあとのお皿が綺麗だったりとか、「次は〇〇が食べてみたい」と具体的にメニューを挙げてくれるとか――並べればキリがない。

お世話をする身としてそれらを回顧すると、ハルカさんはこれ以上ないくらい思いやりのある主人といえる。だって彼を助ける立場の私が、逆に気持ちを上向きにしてもらっているのだから。

まだ、ふとしたときに耀くんを思い出してしまうけれど、そのタイミングはこの十日間でぐっと減ったと言える。その理由のひとつが――

「サーヤさん。今夜はなんのクエストにしましょうか?」

サラダに入っているパプリカを箸先に摘みながら、ハルカさんが訊ねる。

「そうですね……メインストーリーのクエストが更新されたみたいなので、それを進めるっていうのはどうですか?」

「いいですね。賛成です」

同居二日目の夜にふたりで『FU』をして以来、お互いバーチャルなのにリアルという不思議な感覚にハマってしまって、私のお手伝いタイムが終了する夕食後の習慣となりつつある。ただ、どうも時間の感覚がなくなってしまいがちなので、ふたりとも入浴などその夜にすべきことを済ませてから始めることが暗黙の了解になった。

私は日中に時間をやりくりできるけれど、経営者であるハルカさんはそうもいかない。普段からタイムリミットを決めている彼だからこそ、あとは寝るだけの状態にしてしまえば、多少時間がずれたとしてもあまり焦る必要はないというわけだ。

「メインストーリーの更新って久しぶりですよね」

「はい。ここ最近はサブクエストばかりだったので、むしろメインストーリーを忘れてしまっていそうですが」

「確かに。私もすぐには思い出せないかもです」

ハルカさんの言葉に同調して笑う。順次更新されていく新しいクエストを一生懸命に追いかけるほど、話の本筋の記憶が遠のいてしまうのは、オンラインゲームのセオリーなのかも……と初心者なりに思う。

そのとき、ダイニングテーブルの脇に置いてあったハルカさんのスマホが、聞き馴染みのある電子音を奏でた。これは確か、『FU』で使用されている効果音。

「通知です。フレンドの誰かからアイテムが送られてきたようですね」

箸を箸置きに置いた彼は、スマホを手に取り画面を見ると、私の脳裏に浮かんだクエスチョンマークを見透かしたみたいに言った。

「あ、食事中なのにすみません」

「いえ、全然」

食事中にスマホを触るのは不作法だと気にしてくれたのだろう。彼がはっとして謝ったので、首を横に振る。

「最近フレンドになった人なんですけど、毎日のようにいろんなアイテムを送ってきてくれるんですよね。これも女性キャラクターを使ってる恩恵というものです」

彼は私に画面が見えるように自身のスマホの向きを変え、対面の私に差し出した。

「ハルカさんが女性のキャラを使ってるのって、もしかして男性キャラに助けてもらえるからですか？」

自分自身にも思い当たる節があって訊ねる。レベルが低いころは、たまたまパーティーを組んだ幾人かの男性キャラが、ゲーム内の様々なことを教えてくれた印象があったからだ。

「一番の理由は、最初も言った通り見た目がいいことですが……まぁ、それもあります」

「やっぱり」

虚を衝かれたようなリアクションをしたあと、しぶしぶながらも白状する彼に、私は噴き出して言った。

「でも、同じ理由で女性キャラを使ってる男性、結構多いですよ」

「え、でも相手の実際の性別ってわかるものですか？」

「発言が妙に媚びてたり、キャラの容姿で、なんとなくは」

「私は全然わからないですけど……」

というか、相手のフレンドの実際の性別を気にしたことなんてなかったかもしれない。困ってそう言うと、そんな私の表情を見たハルカさんがおかしそうに笑う。

「それが、オンラインゲームをやり続けてるとわかるようになってくるんです。感覚としか言いようがないんですけどね」

「なるほど」

相槌を打つと、私は一旦フォークをパスタの皿に置き、こちらに向けられたハルカさんのスマホを手に取った。

彼のスマホは手帳のような黒いカバーが取り付けられている。遠目には幾度も見たけれど、触るのは初めてだった。革製のようで、思ったよりも重い。

「――それにしても、すごい贈り物の数々ですね。レアアイテムもいくつかある」

画面には、件のフレンドらしい『こうすけ』というキャラクターから、ハルカさん宛てに送られたアイテムの一覧が表示されている。スクロールしなければいけないほど大量のアイテムのなかに、手に入れるのに苦労するレアアイテムも交じっていた。そういうものをわざわざプレゼントしてくるなんて、よほどハルカさんの関心を引きたいと見える。

まぁ、気持ちはわからなくもない。普段のハルカさんの振る舞いから想像するに、相手の顔が見えずとも常に誠意をもって接しているだろうから。

圧倒されてしまい、口をぽかんと開けたままだった。慌てて口を閉じ、スマホをハルカさんに返すと、彼はそれを脇に置き、おもむろに私の顔を見つめてこう言った。

「男って基本的にいい格好したいんです。ゲームでも現実でも、素敵な女性のことは放っておけないのが性ですよ。もちろん、タイミングは計らないといけませんが」

「……?」

後半部分に妙な含みを感じて首を傾げる。なにか意図があるのだろうかと考えを巡らせようとしたところを、ハルカさんが柔らかな笑みでそれを打ち消した。

「さあ、食べましょうか。食後にムースも控えていることですし」

「あっ、はい」

ハルカさんに促され、私はフォークを持ち直して食事を再開した。

食事と後片付けが終わってしまえば、身支度を済ませてゲームの時間に充てられる。一度始めるといつの間にか寝る時間になっているので、毎夜慌ててベッドに潜り込む生活が続いている。今夜こそ、ゆとりをもって過ごせればいいのだけど。

とはいえ、彼とゲームの世界を駆け回る時間は、一日のなかで最も癒しを得られる瞬間と言っていい。それはこの家にやってくる前も変わらない。

後片付けを早めた時間の分だけ、また新しいクエストを詰め込んでしまうのだろう。昨夜と同様に「もう寝なきゃ」と焦る数時間先の未来を容易く想像しながら食事を終えると、食後のコーヒーとムースを用意するため、キッチンへと向かったのだった。

◆◇◆

しばらくの間は、直前に最大級の不幸に見舞われたとは考えられないほど平穏で心休まる日々が続いていた。

けれど嵐は鎮まりかけた私の心を踏み荒らすみたいにして突然やってきた。河岡邸に身を置かせてもらって十四日目。ちょうど二週間が経とうとしていた日の朝だった。

いつものように六時半に目を覚まし、ベッドのフレームの上で充電していたスマホを確認する。

——と、二度と連絡を取ることはないだろう人物から、メッセージアプリを通じてメッセージが届いていた。元カレの耀くんだ。

反射的に彼のアイコンをタップする。アイコンは同棲していたときと変わらず、彼がファンだと公言しているガールズバンドの、アルバムのジャケット写真。

『大事な話があるんだけど、時間作ってもらえないかな』

用件のみの一文だった。「久しぶり」とか「新しい生活はどう?」とか、そんな前振りがあってもよさそうだけど、あえて本題しか送られてきていないところが、彼の余裕のなさや用件の重大性を物語っているように感じて、私は困惑した。

今さらどんな話があるというのだろう。彼と会って平気な顔をしていられる自信がない。経緯はどうであれ、愛する女性とその間にできた子どもの存在によって幸せいっぱいの彼を、妬んでしまうかもしれないからだ。

耀くんだって、私を追い出すみたいにして同棲を解消した手前、面と向かって私と言葉を交わすのは気まずいはず。そこまでして私と会おうとするのは、なにか事情がありそうだ。

あの家に忘れ物をしたとか？　逆に、知らないうちに彼の物を持って行ってしまった？

どちらにしても、大事な話なんてもったいぶった言い方をせずに、事実を伝えればいいはずだから、可能性は低そうだ。

あまり連絡は取りたくないけれど、別れ際はそれなりに穏便に済ませたこともあり、変に揉めたくもない。よって、無視はできないのだ。

『いいよ。割と時間には融通がきくから、耀くんの都合に合わせるよ』

躊躇いつつも文章を打つと、すぐに既読のマークがつき、返事があった。

『返信もらえてよかった。じゃあ急だけど、今日の午後はどう？　有休取ってるんだ』

まだ六時半すぎ。普段の彼なら夢のなかという時間帯なのに、返事が来るのは意外だと思ったのだけど、理由は彼のメッセージのなかにあった。今日は休みらしい。

……いや、休みならなおさら寝ているんじゃないだろうか、なんて考えが頭を過るけれど、私が心配しなければいけない内容ではない。

『なら、十四時に「Ｗｉｔｈ Ｍｉｌｋ」で。一時間くらいしか話はできないけど』

『カフェ・Ｗｉｔｈ ＭｉｌＫ』はかつて私と耀くんがよく通っていた場所で、河岡家へのご挨拶にと差し入れた焼き菓子を購入したお店だ。

指定されたわけではないのに彼の家の近所を指定したのは、私の現在の生活拠点を探られたくなかったからだ。気に入っていたお店だから、最後に行っておきたい気持ちも少なからずあった。

十八時半までには夕食の支度を粗方終えていたい。河岡邸から『Ｗｉｔｈ ＭｉｌＫ』までドアｔｏドアで約二時間。一時間半程度で買い物と調理を済ませるとして、やはり十五時にはあちらを出なければいけないだろう。

『了解。じゃ十四時に』

瞬時に返ってきた返事を確認すると、私は息苦しさを感じてスマホの画面表示を消し、ワンピースのポケットにしまった。

……胸がざわざわする。今さら、いったいどうしたというのだろう。

落ち着かない。私は大きく深呼吸をしてから、洗面用具と化粧ポーチを持って一階のパウダールームに向かった。

顔を洗うと冷たい水が肌に心地いい。幾度か冷水を浴びるうちに、頭のなかも多少すっきりするような気がした。

リネン庫に積んである真っ白なフェイスタオルを一枚取り出して水分をふき取り、スキンケアやメイクを簡単に済ませる。眉の形が少しいびつになってしまったり、チークを乗せすぎてしまったのは、心のどこかでまだ動揺しているからなのだろう。

あくまで冷静に。うろたえてはいけない。自分に言い聞かせながら手元の道具を置きに自分の部屋に戻ったあと、再び一階に降りて朝食の支度に取り掛かる。ここからは、仕事の時間だ。なおさらしっかりしなければ。

「おはようございます」

キッチンで卵を溶いていると、ハルカさんが起きてきた。声に反応して振り返る。

普段はパジャマ姿で朝食をとることのほうが多い彼だけど、今朝はすでにワイシャツとスラックスに着替えている。

「おはようございます。すみません、今準備を始めたので、あと十分くらいかかります。お時間大丈夫ですか?」

「もちろん大丈夫です。今日は朝から取引先に行く予定なので、早めに動いているだけですよ。その間に顔を洗ってきます」

彼はそう言うとパウダールームに向かった。

今朝は明太子入りのだし巻き玉子と納豆、ほうれん草の胡麻和え、わかめと油揚げの味噌汁、ご飯。スタンダードな和定食だ。

身だしなみを整えて戻ってきた彼がダイニングテーブルに座るのとほぼ同時に配膳が終わる。コーヒーメーカーにマンデリンの豆をセットし、スイッチを入れてから、私もテーブルに着いた。

「サーヤさん」

すると、彼が私の顔を心配そうに覗き込んできた。

「調子でも悪いんですか？」

「えっ、どうしてですか？」

「いつもよりも表情が暗いような気がして。私の思い過ごしならいいのですが」

「大丈夫ですよ。この通り、元気そのものです」

私は図星をつかれたことに驚きつつ、意識的に笑顔を作り、ガッツポーズをして見せる。

無意識のうちに不安が顔に滲んでいるらしい。ハルカさんのサポートをする立場でありながら、逆に心配をかけてしまうとは本末転倒。余計な気を遣わせないようにしなくては。

「そうですか」

「はい。……どうぞ、召し上がってください。今朝のだし巻き玉子には明太子を入れてみました」

少し納得いっていないような表情をしているハルカさんの意識を食卓に逸らしてみると、私の意図を知ってか知らずか、彼の口元にはいつもの笑みが戻る。

「いいですね。いただきます」

背筋を正して両手を合わせる彼にうなずきを返しながら、嘘を吐いたことへの罪悪感で胸に微かな痛みが走る。

「今朝もとてもおいしいですよ」

「ありがとうございます」

私の作った料理を言葉通りおいしそうに食べてくれるハルカさんにお礼を言いながら、心の内では午後の予定に浮足立っていたのだった。

◆◇◆

十四時。『ＷｉｔｈＭｉｌＫ』のテーブルは、学生たちやママ友同士で半分ほど埋まっている。この辺りは住宅街で、目印になりそうなものといえば被服系の専門学校が一校あるだけなので、平日の昼間にしては多いほうだった。

立方体の同じような住居が並ぶなかに、一際目立つ清々しいスカイブルーの屋根。再訪まで半月程度しか経っていないというのに、妙に懐かしく感じる。

当然、お店のなかのナチュラルな雰囲気もそのまま。ここだけゆったりと時間が流れているみたいな雰囲気に、ほんの少しだけ心が和んだ。

暦はもう八月。どうりで日差しがきついわけだ。駅からの道のりで額に浮かんだ汗を、タオル地のハンカチで押さえつつお店に到着したとき、耀くんはすでに席に着いていた。店内の奥の方にある、向かい合せのソファ席はお互いに気に入っていた場所だ。

右肩にかけていた革のポシェットにハンカチをしまい、それをソファに降ろしてから、自分も彼の対面に座った。

「久しぶり。元気そうでよかった」

「うん」

おかげさまで、最後に顔を合わせたときよりはかなり持ち直した。河岡邸で気分転換ができたおかげなのだろう。

対して、耀くんのほうは少し疲れているように見える。「そっちも元気そうだね」と返そうとして、できなかったくらいに。身重の彼女のケアが大変なのだろうか。

「――それで、大事な話ってなに？」

ふたり分のアイスカフェオレをオーダーし、テーブルに届いたあと、世間話もそこそこに本題を切り出した。胸の奥にある暗いものに蓋をするみたいに、あえて声をワントーン高くして。

「ごめん、紗彩」

すると、私の言葉に、耀くんは全身の力が抜けたようにこうべを垂れた。

「ごめん。俺、間違ってたよ」

「耀くん？」

「俺にはやっぱり紗彩しかいないんだ。俺たち、やり直そう」

「……どういうこと？」

意味がわからない。今朝、彼からのメッセージが届いたときよりももっと戸惑いながら、努めて冷静に訊ねると、彼は弱々しく顔を上げた。

「エリカ――浮気相手の子。妊娠してなかったんだ。俺と紗彩を別れさせるために、嘘を吐いてたみたいで。ひどいだろ？　そりゃ、一度は紗彩と別れてエリカと――って決めたけど、それは子どもができたから責任を取るためであって、俺が本当に望んだことじゃない。だから、紗彩、俺とやり直そう？　紗彩が望むなら、すぐにでも家に帰ってこられる」

「……エリカさんは？」

「昨日の夜、言い合いになって……出て行ったよ。このまま別れることになると思う」

「………………」

まるで、あの日をなぞっているみたいだと思った。私が仕事を失い、耀くんから別れを告げられたあの日。予想もしていなかった言葉を投げかけられて、思考が追い付けなくなるのも、まったく同じ。

「本当、俺はつくづく馬鹿なことをしたって思うよ。紗彩みたいな素敵な人を裏切ったりして」

言葉が出ずに沈黙していると、その間を埋めるみたいに耀くんが再び口を開く。

「一緒にいすぎると、相手のいいところが見えづらくなるっていうけど本当だな。離れてみて初めて紗彩のありがたみがわかったよ」

「……私の？」

小さく訊ねると、彼がうなずく。

「仲良くなる前から、エリカは料理が趣味だって話してたんだ。自炊はもちろん、時間があるときはパンを焼いたり、知り合いに差し入れするお菓子を作ったりもする。それに綺麗好きで、整理整頓や掃除は得意だし、洗濯もマメにするって。でも違った。いざ一緒に住んでみたら、料理はほとんどしたことないって言うし、洗濯は実家の親任せで、洗濯機のスイッチすら押したことがない。おまけに整理整頓が苦手で、部屋は少し放っておくだけで荒れ果てる始末だよ」

自分は騙された被害者であると言わんばかりに、イライラした調子で一気に吐き出すと、それだけでは飽き足らずになおも続けた。

「つわりで身体が思うように動かないっていうならまだ納得できるけど、それ自体が嘘だったと知ったら、我慢の限界だった。だから俺、エリカに言ってやったんだ。紗彩の家事は完璧だったって。毎食おいしいご飯をきちんと作ってくれたし、洗濯や掃除も溜めずに毎日コツコツやってくれてたのにって。そしたらエリカのヤツ、腹を立てて出て行ったよ。自分が悪いのを棚の上に上げてさ」

私は改めて耀くんの全身を視線で辿った。本来ならはにかむような笑いの似合う、日本人らしいソフトな顔立ちはややつれたらしく頬が扱け、いつも私がアイロンをかけていた、お気に入りの襟付きの半袖シャツはずいぶん皺になっている。

「紗彩、戻ってきなよ。俺もうこんな生活限界なんだ。紗彩だって行くところはないって困ってたじゃん。結局、住む場所は見つかったの？」

「……まだだけど」

一瞬、頭のなかに河岡邸が浮かぶものの、あくまでそこにはご厚意で置いてもらっているだけだ。少なくとも小牧さんが仕事に復帰するまでには、新居を決めなければいけない。

「ならちょうどいい。帰ってきてくれないか。それで俺たち結婚しよう」

「結婚……？」

「うん、結婚」

ただでさえ驚いているところを、耀くんはまるで切り札を出したときのような得意げな表情で、力強くそう言った。

「――あ、ごめん。もっとロマンチックな場所で言うべきだったよね。紗彩が望むなら、今度やり直させて」

ただただ圧倒されている私の反応を『予想外のよろこび』と疑わない彼は、本気ともつかない冗談まで織り交ぜながら微笑んだ。私ならきっとそのプロポーズを承諾するだろうと信じている所作で。

……違う。そうじゃない。私は——

「耀くんとは結婚できない」

なるべく感情が動かないように気を付けながら、私は静かに言った。

「紗彩？」

「耀くんは、私のこと……本当に好き？」

「好きだよ。だからこうして玉砕覚悟で呼び出したんじゃないか」

「……本当にそうなのかな？」

もしかしたら耀くん自身も、自分の本当の気持ちに気付いていないのかもしれない。

私はざわめく気持ちを落ち着けるため、ストローのささったアイスカフェオレを持ち上げ、一口飲んだ。冷たくて甘い液体が喉奥を通り胃に落ちていくと、心の静けさを維持できるような気がした。私は続けた。

「離れたことで私のありがたみがわかったって、耀くん、さっき言ってたよね。だから戻ってきてほしいって」

私がなにを言いたいのかよくわからないという顔をしながら、彼が小さくうなずく。

「それって、ただ自分の身の回りの世話をしてくれる人が欲しいからでしょう?」

彼の話を聞いてはっきりとわかった。彼は私を愛しているからよりを戻したいんじゃなくて、私というお世話係がいる生活が恋しくなっただけなのだ。

同棲生活のなかで、いつの間にか家事全般は私の仕事になっていた。お互い働いているとはいえ、耀くんは正社員で残業も多かったから、アルバイトの私がその分の負担を背負っても全然構わないと思っていた。

でも、それが間違いだったのかもしれない。

「そんなわけないだろ、なに言ってるんだよ」

一瞬目を瞠ったあと、耀くんの声のボリュームが上がった。彼の顔にははっきりと心外だと書いてある。

「じゃあもし、もう一度耀くんと同棲するとして、私がもう絶対に家事はしないって言ったら、それでも結婚したい?」

「……それは」

意地悪で現実味のない質問だとは思ったけれど、問わずにはいられなかった。そして、案の定、彼は視線をさまよわせ、言葉を詰まらせた。

「答えられないことが答えなんじゃないの?」

試すようなことをしたのは自分なのに。彼にそう問いかけながら、私は内心で深く傷ついていた。

耀くんにとって私は、煩わしい家事を一気に引き受けてくれる存在でしかないことが、彼の反応によって確定してしまったからだ。

「紗彩はどうなんだよ」

「私？」

「俺のこと、まだ好きなんだろ？　あんなに尽くしてくれてたじゃん。まだ好きだから、こうやって会ってくれたんじゃないの？」

「…………」

情けないけれど、すぐに否定はできなかった。

今朝、耀くんと会うと決めたとき、心に占める不安に隠れてなにかしらの期待がまったくなかったかと問われれば、答えはＮｏだ。

でも、それは彼がまだ私を大事に思ってくれていればの話。状況が変わった今、耀くんに対してわずかに残っていた恋愛感情ごと凍てつき、砕け散ってしまったことを、彼はまだ知らない。

「複雑に考えないで。俺は紗彩と結婚したい。紗彩がまだ俺を好きなら、同棲してたときに戻ればいいじゃん。それでお互い幸せなんだから」

「本気で言ってるの？」

強い口調になってしまいそうなのを、笑うことで回避する。

自分がなにを言っているのか、理解しているのだろうか？

今の台詞は、私を愛していないのにプロポーズしていると認めているのと同じだ。

――私はどこまで彼に軽んじられなければいけないのだろう。

もうこの場にいる必要はない。彼と話すことも、これ以上ないように思われた。

小さくため息を吐いて、私がソファから立ち上がる。

「ちょっと、紗彩」

「ごめん、耀くんとは別れたと思ってるから。復縁は考えてないんだ。それが用件なら、帰るね」

「話はまだ――」

「私はもう、耀くんと話したいことはないよ。元気でね」

周囲のテーブルから視線が集まっているのを気にかける余裕すらなく、私はポシェットを再び肩にかけた。そしておそらく今後訪れることのないだろう大好きな場所との別れを惜しむ暇もなく、足早に店を出たのだった。

◆◇◆

帰りの電車のなかで、耀くんとの二年間や直前の出来事を思い返していた。

無論、恋しさや寂しさからではない。ましてや愛しさなどでもない。

残ったのは、彼にとって私はいったいなんだったのだろう、という空しさだけ。

ゲーム用語で、『オーバーキル』という言葉がある。敵を倒すときに必要以上のダメージを与えること。特に戦闘能力が自分よりも極端に低い敵を、極端に攻撃力の高い武器や魔法などで必要以上のダメージを与えて倒すことを指す。これは、『FU』を遊んでいるときに、他のフレンドに教えてもらった。

敵の体力を数値管理している『FU』において、必要以上のダメージを与えることによるメリットはない。なぜなら、与えるダメージが低かろうが高かろうが、体力の数値がゼロになったら敵は必ず死ぬからだ。つまり、オーバーキル自体が無意味な行為であるといえる。残酷で乱暴だからと忌み嫌われることすらある。

私は今、耀くんにオーバーキルされている気分だった。よそに子どもができたと聞かされ、別れを告げられ、すぐに家を出て行けと言われ――私のメンタルの数値はすでに限りなくゼロに近い状態だった。

やっと持ち直してきたというところで、今度は「子どもの話は嘘だった」、「よりを戻してほしい」、「家事をしに家に戻ってきてほしい」の三連コンボの挙句、愛もなく「結婚しよう」ときたものだ。これをオーバーキルと呼ばずしてなんと呼ぶのだろう。

これでもかとごりごりに削られ尽くされたメンタルにもかかわらず、最後まで言葉を荒らげずに対応できた自分自身を褒めてあげたい。

いや。もしかしたら、あの場は怒ってもよかったのかもしれない。「馬鹿にしないで」とか「ふざけないで」とか「どの口が言うの」とか——思いつく限りの罵詈雑言を浴びせたって許されたのかもしれない。

けれどできなかった。一度は好きになって、結婚を真剣に考えた人だったし、性格的にも相手を強く詰めたり、怒ったりすることが苦手なのだ。

そしてやはり『因果応報』。ここで彼を笑顔で許すことができたなら、前途多難な私の現状にも光が差すような気がした。……気がしただけで、確証なんてないのだけど。希望を持つくらいは許してほしい。

でも——今回ばかりは、不完全燃焼だ。胸のモヤモヤが止まらない。電車を降りて夕食の買い物をしているときも、帰宅して洗濯物を取り込み畳んでいるときも、夕食の支度をしている今も、心のどこかでなにかが焼け付く音がする。

『じゃあもし、もう一度耀くんと同棲するとして、私がもう絶対に家事はしないって言ったら、それでも結婚したい？』

『……それは』

あのときの彼のリアクションを思い出すたびに、息苦しくなる。

やっぱり会わなければよかった。ただでさえ不本意な終わり方をした彼との思い出を、追い打ちをかけるみたいに汚されたくなかった。

頭のなかから耀くんを追い出し、下ごしらえをした一口サイズの鶏もも肉を、鍋に張った高温の油で一気に揚げていく。

今夜の献立は鶏の唐揚げと冬瓜の煮物、きゅうりの浅漬け、ミモザサラダ。

この家では常にハルカさんがよろこびそうなメニューを考えて作り続けてきたけれど、今日ばかりは自分本位でメニューを決めさせてもらった。揚げ物は後処理が面倒だし、夏場は暑さもあって極力しないのだけど、私には気分が沈んでいるときほど積極的に揚げ物をしたくなる癖があるのだ。

その理由は、食材を高温の油に通したときのジュージュー、パチパチという音が、気持ちが弱っているときには心地よく聞こえるからだ。まるで、「元気を出して」と励まされているような気になる。

……あぁ。弾けるような音に少しだけ救われる。

欲を言うなら、物言わぬ鶏肉ではなく人間に励まされたいけれど、一番の理解者だった耀くんと別れた今、愚痴を聞いてくれる人もいないし——

「いい匂いがしますね」

完全に油断していたそのとき、背後から聞き慣れた声がした。

「っ……お、お帰りなさい」

振り返ると、今朝家を出たときと同じ、スーツ姿のハルカさんがいた。油のはねるこの音のせいで、背後から声をかけられるまで気が付かなかったようだ。

「もうお帰りになったんですね。すみません、まだ途中で」

「いえ、お気になさらず。一度着替えてきますね」

「はい。そのころには召し上がれると思います」

可能な限り明るい調子で話したつもりだけれど、上手く笑えただろうか。ハルカさんがその場を離れ、階段を上っていく音が聞こえると、再び思考する。

——ハルカさんなら、聞いてくれるかな。

これまでも彼にはフレンドチャットを介して私の様々な出来事を聞いてもらってい

た。そのたびに一緒に悩んでくれたり、アドバイスをくれたり、ひたすら聞き役に徹してくれたりした。そんな彼にならば、ほんの少し寄りかかってもいいのだろうか。

……ううん、やめたほうがいい。私はすぐにその考えを翻した。

以前はお互い見知らぬ他人だったからこそ、気軽にコミュニケーションを取ることができたのだ。現に、彼が大手カフェチェーンの社長だと知っていたら、私は自分の悩みを打ち明けたりはしなかっただろう。だって、私の悩みなんて、責任ある立場の彼のそれに比べれば、取るに足らないことだとわかるから。

第一、彼の暮らしにおいての負担を軽くするために家事手伝いをしているのに、こんな重い話を面と向かって聞かされたら、逆に負担をかけてしまう。

昼間のことなんて忘れたほうがいい。忘れよう。忘れなきゃ。

きつね色に揚がった唐揚げを、菜箸でひとつひとつペーパータオルを敷いたバットの上に取り出した。余分な油が吸えたらお皿に盛ろう。他の料理はすべて出来上がっており、冷蔵庫のなかにスタンバイさせてある。

唐揚げをすべてお皿に盛り終えると、頭のなかにちらついた耀くんの顔を振り払うみたいに大きく首を横に振った。

少しでも思考に空白ができると、それを埋めるかのごとく思い出してしまう。

考えたくなんてないのに。いっそのこと、そっくりそのままなかったことにできたらいい。

「サーヤさん」

両肩を軽く叩かれて、私は弾かれたように振り返った。

そこには、つい先刻と同じようにハルカさんが立っている。違うのは、彼がスーツではなく部屋着である黒いTシャツとスウェットに身を包んでいることだ。

一度ならず二度までも。まったく気付かなかった。

私がよほど驚いた顔をしていたせいか、ハルカさんは両手を引っ込めながら申し訳なさそうに眉根を寄せた。

「すみません。なんどか話しかけたんですが、聞こえていないようだったので」

「……いえ、こちらこそぼーっとしていたみたいで。ごめんなさい」

「やっぱり、なにかあったんじゃないですか？　今朝から変ですよ」

「……変、ですかね」

私の様子がおかしいことに確信を持っている彼と目を合わせるのが怖くて、私はついどこへともなく視線をさまよわせてしまう。その行動がなおさら彼の確信を濃くしたとばかりに、彼は「ええ」と相槌を打って続けた。

「変です。いつもにこにこしているサーヤさんが、そんなに辛そうな顔をしているんですから」

「…………」

「私でよければ、聞かせてもらえませんか？」

彼は優しく囁くような声で、そう控えめに促した。

「無理強いするつもりはありません。でも、サーヤさんは嫌なことがあると、よくフレンドチャットで私に話してくれましたよね」

「す……すみません、いつも相手して頂いて。あれ、冷静に考えると結構迷惑でしたよね」

文字では思いつくままに気軽に話せたことも、実際に顔を合わせたあとだと――しかも、その相手が私なんかには想像も及ばないほどの社会的地位がある人で、これだけのイケメンさんともなると、自分の身勝手な行為が余計に恥ずかしく思えてくる。

「全然」

けれど、彼はきっぱりと否定した。

「よかったら聞かせてください。話して、サーヤさんの心が少しでも軽くなるなら」

……彼自身がそう言うのであれば、話してもいいのだろうか。文字で吐き出していた拙い思いを、今度は直接、彼を目の前にして。

「お願いします。少しだけ聞いてもらっていいですか」

「もちろんです」

ハルカさんは快くうなずきを返してくれた。

ダイニングテーブルに移動して腰を下ろすと、押し込めていた気持ちが堰を切って溢れ出る。

今朝、元カレから突然連絡がきたこと。少し迷った末に会うと決めたこと。会ったら、彼らの間に子どもはできていなかったと聞かされたこと。復縁と結婚を迫られたこと。その理由がエリカさんと喧嘩別れし、お世話係の私が恋しくなったからだということ。話を聞いているうちに、私のなかで微かに残っていた彼への想いも冷え切ってしまったこと。

それらを取り留めもなく、時折より深く思い出すために考え込んだりしながら、彼に伝えた。

要領を得ない私の話を、彼は辛抱強く聞いてくれた。私が話したいことを臆することなく話せるように、極力言葉を挟むまいとしてくれているのが伝わってきた。

「私が彼を大事に思っている分だけ、彼も私をそう思ってくれていると信じて疑わなかった自分が恥ずかしいです。……彼の身の回りのお世話をするだけの存在だったってことを突き付けられて、頭のなかが沸騰しそうになってしまって……」

「……可哀想ですね」

そのとき、沈黙していたハルカさんがぽつりと漏らした。

「そう、ですよね。今の私って、客観的に見てそうなんだと思います」

元カレに都合よく振り回されている可哀想な女。頭では理解しているけれど、改めて言葉にされると耳が痛い。

ところが私の力のないつぶやきに、彼は首を横に振った。

「サーヤさんではなく、その元カレが、です」

「え?」

「サーヤさんは素敵な女性ですよ。家事のスキルが素晴らしいのももちろんですが、かわいらしくて、明るくて、一緒にいる相手を心地よく感じさせる、癒しの力がある。これは、あなたとゲームで繋がっていた一年間と、実際に生活をともにしたこの二週間で私が身をもって感じたことなので、確かだと思います」

私の問いかけに答える前に、ハルカさんが言う。

「元カレはそれに気付かなかったのか、気付いていてもついよそ見してしまったのかはわかりませんが……だから可哀想だなと思ったんです。彼はきっと近い将来、サーヤさんという素晴らしい女性に自ら別れを告げてしまったことを、本当の意味で後悔することになると思います」

「……そうでしょうか」

俯くと、夕食に合わせて敷いておいたプレースマットが視界に入った。光沢のある生地に、品のあるクラシカルなリーフ柄。そこからテーブルの下で組んだ手に視線を滑らせ、私が続ける。

「私はハルカさんが褒めてくれるような素敵な女性なんかじゃないです。もしそうなら、耀くん——元カレにだって浮気なんかされてないはずで」

ハルカさんが私をそんな風に評価してくれているのは本当にありがたいし、うれしいことだけれど、私がもっと魅力のある女性だったなら、こんな結末にはならなかったのかもという思いが拭えない。

「男は勝手なんですよ。好きな女性が完全に自分に向いているとわかったら、とたんに安心してしまうんです。安心すると、刺激を求めて外の女性を求めるヤツもいる。元カレが浮気をしたのは、それだけサーヤさんが彼に尽くしていたという表れではないでしょうか」

「……そうですね。尽くしていたつもりはなかったですが、結果的にそうなってしまっていたかもしれません」

耀くんのよろこぶ顔が見たい。シンプルにそれだけのことだったのだけれど、いつの間にか、家事はすべて私がやって当たり前の状態を作り出してしまっていたのだ。

「私自身が原因を作っていたということですよね」

「いいえ、あなたが悪いわけではないです」

次いでこぼれた言葉に、ハルカさんは大げさに首を横に振った。

「男はみんながみんなそういうタイプの人間だとは思ってほしくないですね。一身に愛を向けられたなら、同じだけの愛を注いで返そうとする男だっています。サーヤさんの元カレが、そうではなかったというだけで」

そこまで言うと、彼は深呼吸をするように大きく息を吸い込んでから嘆息すると、さらに続けた。

「その元カレは本当に可哀想な人です。可哀想というより、憐れですね。憐れで不埒で、救いようがないほど愚かしい。自分本位の極みだ。そんな不届き者は、いずれにしてもサーヤさんの相手には相応しくない。部外者の私としては、むしろ彼と縁が切れてよかったのではないかとさえ思います。一刻も早く、その男のことは忘れてしまったほうがいい」

「は、ハルカさん？」

流暢なかに、ところどころ怒りの感情が透けて見える調子で、ハルカさんが捲し立てる。普段、穏やかで落ち着いている彼が、言葉の体裁は整えているとはいえわかりやすくマイナスの感情を滲ませながら話すのを見るのは初めてだった。

一通り言いたいことを言い切ったらしい彼が静かに目を開けると、たじろぐ私に気付いて、きまりが悪そうに額に手を当てる。

「――すみません、言いすぎなのかもしれません。でもサーヤさんが傷つけられているのが我慢ならなくて。……あなたは優しい人だから、多分、元カレを責めたくても責められないんですよね？」

私の表情を窺いながら、彼が続ける。

「だから、サーヤさんの代わりに言わせてもらいました。少しはスッキリしてもらえましたか？」

至極真剣に問うハルカさんを見つめていたら、おかしくて噴き出してしまった。

「……さすがハルカさんですね。私の考えてること、わかっちゃうんですから」

あのとき耀くんを責められなかった自分に対して、冷静でいられたと安堵する一方、毅然として非難するべきだったのではと微かに後悔していた。そんな私の心を見透かすように、私の代わりに耀くんを責めてくれたハルカさんに背徳的な爽快感を覚えているのは確かで、同時に彼の思いやりをうれしく思った。

凝り固まっていた心の重石がひとつ取り除かれたみたいに、気持ちが少し軽くなる。

やっぱり、ハルカさんに打ち明けてみてよかった。

「ありがとうございます。……ハルカさんには助けてもらってばかりですね」

「私は、サーヤさんの助けになっていますか？」

「当たり前じゃないですか。こうしてお家にも置いてもらってますし」

「物質的な部分ではなくて」

言葉を被せる勢いでそう言うと、ハルカさんは思いつめた様子で私を見据えた。

さっきまでの和やかな空気が、ぴんと張りつめたものになる。

「――あなたの心を支える存在でありたい。ひとりよがりだとわかっていますが、それでも思ってしまったんです。私なら……元カレよりもずっと、サーヤさんのことを大事にできると」

「……え。えっと……」

反応に困って言葉が出てこない。『心を支える』とか、『元カレよりも大事にできる』とか。それって、なんだかすごく特別な意味を持って聞こえてしまう。

……いやいや。確かこの家に来て最初のころにも、同じように早とちりしてしまったはずだ。きっと、今回も私の勘違いで――

「なにが言いたいのかというと、つまり、私をサーヤさんの彼氏にしてほしい、と……そういうことです」

自分を戒めようとした瞬間に、対面の彼から決定的な言葉が放たれる。

えっ!? ハルカさんが、彼氏にっ？

ハルカさんったら急に、なにを言い出すの？

「あっ、あのっ……慰めてくださらなくて大丈夫ですっ」

ハンマーで頭をがつんと殴られたような衝撃を受けつつも、私は咄嗟に返答した。

「慰める？」

「だってそうでしょう。ハルカさんは傷ついた私を元気づけるためにそう言ってるだけですよね？」

言いながら自分自身でも納得した。ハルカさんのような、ありとあらゆるものを持っている男性が、私のようななんの取り柄もない女の彼氏になりたいだなんて――付き合いたいだなんて本気で思うだろうか。だとしたら、その言葉の真意は私を慰め、元気づけるための言葉だと受け取るのが自然であるような気がした。

「とんでもない」

ところが、彼は心外だとでも訴えるように両手でテーブルを軽く叩いた。

「私は大真面目ですよ。……まぁ、あなたが精神的に弱っているタイミングにつけ込むつもりはなかったんですがね。本当は、もう少し時間を置いてから伝えるつもりでした。でも、傷ついたあなたの話を聞いていたら、我慢が利かなくなってしまって」

「ハルカさん……」

台詞通りの真面目な訴えには、偽りはないように思えた。

「あなたとゲーム上で知り合って、短い文章だけのやり取りを重ねて、一年間……すごく楽しかったです。最初はただのフレンドのひとりでしたが、顔が見えないなりにサーヤさんと交流を深め、断片的に人となりを知っていくうちに、この人は信頼できると確信したんです。そんな風に思えたのは、オンラインゲームのフレンドで唯一サーヤさんだけでした。だから、現実でのあなたはどんな人なのだろうと、興味を抱いていたんですよ」

記憶を辿るようにゆっくりと瞬きをすると、彼が続けた。

「だからサーヤさんが困っていると知って、素直に助けたいと思いました。そしてこの家で初めてあなたと顔を合わせたとき、一目で恋に落ちてしまったんです」

そこまで言うと、彼は柔和な笑みを浮かべた。形のいい唇が緩い弧を描く。

「この二週間、あなたと過ごす一分一秒が心地よく、心が弾む時間でした。特に夜、ふたりでゲームをしたあとは、いつも寝るのが惜しくなるくらいに」

言葉尻で微かに笑ったのは照れ隠しなのだろう。穏やかな雰囲気はそのままに、彼は表情だけを少し引き締めてさらに続けた。

「サーヤさんは、私にとっての理想の女性そのものです。可憐で、フィーリングが合って、家庭的で、一緒にいる時間が楽しみでもあり癒しでもある。私の人生で、今後あなた以上の女性には出会えないでしょう」

「……あ、あの……」

いまだかつて、これほど男性に褒めちぎられたことがあるだろうか。理想の女性だなんて畏れ多い言葉に萎縮してしまうばかりだ。

「すみません、まさかハルカさんが私をそんな風に思ってくださっていたなんて知らなくて……だから、かなり混乱してます……」

「今すぐ結論を出してほしいとは、私も望んでいません。さきほども言いましたが、そもそもこのタイミングで話すべきことではないと思っていたので」

ハルカさんにとっても、この告白が予定外であったことを裏付けるように表情を曇らせたけれど、それもたった一瞬だった。それからすぐ、気持ちを切り替えようと言わんばかりに笑顔を作る。

「小牧さんが復帰するまで、まだ二週間あります。その間に少し考えてみてください。あなたのとなりにいるべき男として、私が相応しいかどうか」

「あ……わ、わかり……ました」

私が彼をジャッジする立場であることに多大な違和感を覚えながらうなずくと、ハルカさんは椅子から立ち上がった。

「もう夕食の時間ですよね。運びますよ」

「えっ、そんな、大丈夫ですよ。私の仕事なので」

慌てて私も立ち上がったけれど、ハルカさんは私の返答を聞き終えないうちにキッチンへと向かい、カウンターの上に乗せてある二枚の皿の前に立った。それぞれの皿の上には、油を切った唐揚げが盛られている。

「いいんです。手が空いているときくらい、自分の家のこともしないと」

両手に一枚ずつ皿を持って彼が言う。

「じゃあ……すみませんが、お願いします。残りのお料理出しますね」

なんとなく悪いと思いつつ、彼の言葉に甘えることにした私は、彼を追うようにキッチンへ行き、冷蔵庫にしまっていた副菜たちを取り出し、相応しい皿に盛っていく。

「実は唐揚げって大好物なんです。サーヤさんが作ってくれたなら、なおさら期待しちゃいますね」

テーブルに唐揚げを置き、次の皿を取りにきたハルカさんがいたずらっぽく笑う。

「お、お手柔らかにお願いします」

「またまた。今までサーヤさんの料理がイマイチだと思ったことは一度もないので。絶対に大丈夫ですよ——この小鉢、もらっちゃいますね」

にこやかにそう言ったあと、ハルカさんは私が左右の手に持っていた冬瓜の煮物の器を受け取ろうとした。

「っ……は、はいっ」

そのとき、右手の指先に温かな感触がした。彼の指先が私のそれに触れたのだとわかると、心臓がどきんと音を立てる。

タイミング次第では器を取り落としてもおかしくなかったのに、彼のほうは涼しい顔をして、受け取った器をダイニングテーブルに運んでいる。

自分が単純すぎて嫌になった。耀くんにあんなひどい扱いを受けたばかりだというのに、ハルカさんに想いを告げられて……ちょっと指が触れたくらいで過剰に反応するほど意識してしまうなんて。

私はそっと左胸を押さえた。……まだドキドキしている。

「まだ運ぶものはありますか？」

ハルカさんが再び戻ってきたので、私は反射的に胸に置いていた手を下ろした。

「あっ、これもお願いします」

カウンターの上に控えていたきゅうりの浅漬けの入った器をふたつ差し出しながら、私はこれからの二週間が、今までとは違うものになるだろうことを予感していた。

第五章　従妹、襲来

ハルカさんと過ごす二度目の週末を迎えた。

彼はたとえ忙しくても必ず土日のどちらかは丸一日休むと決めているらしく、その日は起床時間を決めないらしい。

今週は土曜日——今日が彼の休日だと聞いたので、私も普段より一時間長めに寝かせてもらった。

とはいえ、昨日はその分二十四時過ぎまで『FU』を堪能してしまったため、トータルの睡眠時間は普段と変わらない。むしろ少なくなっているのかも。

平日の一時間遅れで朝の準備を済ませ、八時前にキッチンに到着。一日のスタートは朝食作りから始めるのが習慣になっているけれど、まだハルカさんは起きてこないみたいだ。なら、今日は天気もよさそうだし洗濯から片付けよう。そう決めてしまうと、ランドリールームに向かった。

ランドリールームのスペースは四畳程度。扉の先には大きな窓が備え付けられている。その付近に物干し金具が二本渡してあって、窓から入り込む陽の光で洗濯物が乾きやすくなっているのだ。

部屋の隅に設置されているドラム式の洗濯機の上に、洗濯物を入れるためのカゴが置かれている。私は中身を種類別に分け、場合によっては部分用の洗剤を塗布してから、細かいものやデリケートなものは洗濯ネットに入れ、洗剤や柔軟剤とともに洗濯機のなかへセットし、スイッチを入れた。

今回洗うのはハルカさんの衣類だけ。私のはひとりの時間の多い平日に、二、三日に一度くらいのペースでまとめて洗濯することにしている。

お手伝いをしている立場としては、家主であるハルカさんの衣類と一緒に洗うのは悪い気がするし、洗濯物のなかには当然下着類もあるわけで、万が一干している間に彼の目に触れたら恥ずかしいからという理由もある。

洗濯物が仕上がる間に、一階の掃除をすればちょうどいいか。なにせ、三階建ての河岡家は部屋数が多く広々としているので掃除に時間がかかる。生活の拠点である一階を彼が起きるより先に終えてしまえば効率もよさそうだ。

この部屋には様々な掃除用具が収納されているキャビネットがある。そこからフロアワイパーを取り出して、早速リビングへ向かった。

リビング、キッチン、応接室を終えて、次はパウダールームだ。ワイパーを片手に、扉を開けた――ら。

「はっ……ハルカさんっ……！」

今まさに、パジャマの上着を脱いだばかりであろうハルカさんと遭遇した。驚きのあまり、ともすれば手にしたワイパーを手放してしまいそうになる。

えっ、上だけ裸っ!? なんで？

「――すみませんっ、まさか起きてらっしゃったとは思わなくて」

ワイパーを両手で握りしめながら、反射的に扉の外に出て喚いた。まだ起き抜けでぼんやりしていた脳が、瞬時に回転を速める。

「おはようございます、サーヤさん」

慌てる私に対し、彼のほうは上半身の裸を見られたことなどまったく気にしていない様子で、扉越しに挨拶を投げてくれる。

「私こそすみません。寝汗をかいてしまって気持ち悪かったので、さっぱりしたくて」

「そ、そうでしたか」

一緒に暮らすうちに、ハルカさんが暑がりであると知った。なにかの折に、夏の熱帯夜の翌朝はシャワーを浴びることも多いと話していたことが頭を過る。

うわずる声で相槌を打ちながら、私はドキドキと高鳴る左胸にそっと触れた。

ほんの一瞬だけ見えたハルカさんの身体は、ラインの割りには胸板が厚く、ほどよく引き締まっていた。帰宅してからは一歩も外に出ないはずなのに、定期的に鍛えている人のようにも思える。

……だめだ。思い出したらますますドキドキしてきた。平常心、平常心。

「なにかここに用事だったんですよね？　服を着ましたので大丈夫です」

「すみません、ありがとうございます」

改めて扉を潜ると、パジャマに身を包んだハルカさんに頭を下げた。

「まだ寝てるかなと思ったので、先に掃除を終わらせようと思ったんです。すぐに済ませますすね」

「ありがとうございます。助かります。……でも、土日ぐらいサーヤさんも自由に過ごしてくださいね。平日しっかり働いて頂いているので、休みの日くらいは好きなことをして身体を休めてほしいです」

「はい。でも、なんども言ってるように動いているほうが性に合うみたいなので、本当に気にしないでください」

私の身体を気遣ってくれる彼にそう言いながら、パウダールーム全域にフロアワイパーをかける。シンクの傍には、髪の毛が落ちていがちなので、取り逃がしがないようにしなければ。

「シャワーから出たら朝食が出せるようにしますね。今朝はパンでもいいですか？」

「もちろんです。ありがとうございます。……あ、サーヤさん、ストップ」

「え？」

なにかに気付いたようにハルカさんが私に言う。私は彼に言われるがまま、ぴたりと動きを止めた。

「そのまま、動かないでくださいね」

ハルカさんが対面に回り込んできて、私の前髪を一房掬いあげる。

「……っ」

手を伸ばせば触れられそうな至近距離。目線の先には、第二ボタンまでを外し、少しはだけたパジャマの胸元が飛び込んできた。

私は自分の頬がカッと熱くなるのを感じた。さきほど意図せず見てしまった光景と勝手にリンクして、忘れようとしたドキドキが蘇る。

先日、彼に想いを告げられてからというもの、情けないことに、必要以上に彼を異性として意識してしまっている。彼からの優し気な眼差しを感じたり、今みたいにふとしたときに距離が縮まったりしたとき、心臓が一際忙しくリズムを刻むのだ。

もちろん、彼が男性であるのを承知で家に置いてもらっているわけだから、なにを今さらという感じでもあるのだけれど……まさか彼が私をそんな風に想ってくれているなんて知らなかったし、小牧さんの代わりをするようになってからは、お手伝いという立場で接していたから、異性という認識がほとんど念頭になかったのだ。

「髪にホコリが。……はい、取れましたよ」

親指と人差し指でホコリを払うと、ハルカさんが優しく笑った。前髪に温かな吐息がかかるほど接近しているのだと思うと、とてつもなく恥ずかしくなってくる。

「あ、ありがとうございますっ……」

「どういたしまして」

どうにかお礼を言い終えたところで、彼は私の頭を優しくぽんぽんと叩いて言う。

――そんなの反則っ。すらりとした長い指先の感触に、変な声が出そうになった。

「あっ、えっと……それじゃ、ここの掃除終わりましたので……シャワー、ごゆっくりどうぞっ」

私は逃げるように扉の外へ出ると、ワイパーを廊下の壁に立てかけるようにして置いてから、もう一度左胸に手を当てて大きく息を吐いた。左胸は全力疾走したときみたいに小刻みに脈打っている。

慌てて部屋を出たりして、あからさまに動揺しているのがバレたかもしれないと思うとさらに恥ずかしかったけれど、今の私には取り繕う余裕もなかった。

これまでにお付き合いの経験があるのは、耀くんひとりだけ。あまり男性に免疫がないので、無防備な姿を目にしてしまったり、髪を撫でられたりすると、羞恥のあまりなかなか頭が現実として受け入れてくれないようだ。

彼としてはただの親切心だったのだろうけれど……例の告白を勝手に連想してしまい、そこに深い意味があるのでは……なんて心臓が暴走してしまう。

残りの約半月、この家で心穏やかに過ごせる気がしない。脳裏に浮かぶ彼の意外に筋肉質な身体を思考の端に追いやりながら、掃除の続きを始めたのだった。


一階の床のワイパーがけを手早く終えたあと、シャワーを終えたハルカさんに合わせて朝食の時間にする。今朝はチーズトーストと目玉焼き、ソーセージ、コーンサラダ、トマトの冷たいスープという洋食の献立。

最近、河岡邸の最寄り駅にある商業施設にパン屋さんができた。買い物ついでにそこでお昼を済ませたときに食べたブリオッシュが絶品で、今度は是非パンドミーを試したくなったのだ。ハルカさんの反応はすこぶるよかった。よほど気に入ったらしく、厚切りのチーズトーストを二枚も平らげていた。よろこんでもらえてなによりだ。

食後、ふたり分の食器をキッチンに運んでから、淹れ立てのマンデリンをハルカさんのマグと私のそれに注いだ。コーヒーの香ばしい匂いが鼻をくすぐる。

「私は幸せ者だなと、最近つくづく思うんです」

彼の分のマグを手元に置くと、彼が言った。

「どうしたんですか、急に？」

「好きな女性のおいしい手料理を毎日食べることができるんですから。サーヤさんには感謝してますよ、本当に」

彼は「ありがとう」とマグを軽く掲げながら、熱いコーヒーを一口啜った。

「私のほうこそ、毎日ハルカさんにそうやって褒めてもらえるので、気持ちよく家事をさせてもらってますよ」

お礼を言うのはこちらのほうだ。私は小さく首を横に振った。

相変わらず、事あるごとに褒めてくれるハルカさん。彼の言葉は、耀くんとの別れによって失った女性としての自信を取り戻させてくれる。

食事を褒められ、掃除を褒められ、洗濯を褒められ。気分がよくなった私は、家事に対するモチベーションがどんどん高まり、新しいレシピにチャレンジしてみたり、フローリングにワックスをかけてみたり、ワイシャツのアイロンがけの方法を見直してみて、より美しい仕上げを目指してみたりと、さらに彼によろこんでもらうべく家事スキルを磨いている。

「それならよかったです」

シャワーのタイミングで着替えたらしいハルカさんは、黒いポロシャツとベージュのチノパンというコーディネート。休日はスーツから解放されるため、こういうラフな格好が多いのだという。初めて対面したときの印象が濃いせいか、彼はスーツのイメージが強いので、ちょっと意外な感じがする。

……というか意外もなにも、毎日顔を合わせるうちに忘れかけていたけれど、私はハルカさんのことを、そもそもよく知らなかったんだった。

生活をともにしているけれど、朝のうちに仕事に出る彼とは夜まで別行動だし、帰宅した彼と夕食を一緒に取り、共通の趣味である『FU』で少し遊ぶだけの間柄だ。好きな食べ物やよろこんでくれる献立はなんとなく把握できてきたけれど、そうじゃなくて、もっと彼自身の様々なことを知りたい。

たとえば——真っ先に思い浮かぶのは、特定の女性を作っていなかった理由。いかにもモテそうな彼なのに、どうして奥さんや彼女がいないのかは気になるところだ。

それに、彼のように華やかな経歴を持っている人とゲームの親和性を感じづらいので、どうして『ＦＵ』を遊び始めたのかも聞いてみたいし……ああ、考え始めれば次々と出てきそうだ。

『ハルカ』さんではなく、私の知らない『河岡悠大』さんを、もっと知ってみたい。

「私の顔になにかついてますか？」

彼の少し困ったような問いに、思考の世界から引き戻された。思考に集中するあまり、無意識のうちに彼の顔を凝視していたようだ。

「あ、すみませんっ、ちょっと考えごとをしていて……」

「考えごと？」

首を傾げる彼に、私がうなずく。

「……今さらですけど、私、ハルカさんのこと、あまりよく知らないのかもって。私自身のことはいろいろ相談させてもらっていた経緯があるので、ハルカさんもご存知かと思うんですが」

「言われてみればそうですね。あまり自分のことを話すほうではないので」

ハルカさんはなにかを思いついたように軽く目を瞠ると、コーヒーをもう一口啜ってからマグを置き、いたずらっぽく私に微笑みかけた。

「いい機会なので、もし気になっていることがあれば聞いてください。なんでも正直に答えますから」

「いいんですか？」

いざそう言われると悩むけれど……ついさっき、思い浮かべていた最大の謎について訊ねてみることにする。

「ハルカさんって、今、誰ともお付き合いされてないんですよね？」

「はい」

「……奥様も、当然いらっしゃらないですよね？」

「もちろん。というか、もしそうならサーヤさんを自宅に泊めたりしませんよ。第一、そんなこと小牧さんが許さないでしょうね」

「確かに……」

小牧さんの存在は、彼が真実を述べているとの裏付けになるだろう。

ハルカさんがフリーともなれば周りの女性が放っておかないだろうと思う気持ちが強すぎて、ついつい慎重に確認してしまう。自分自身が二股で大きな痛手を負ったばかりなせいもあり、余計に。

私が神妙にうなずくと、ハルカさんが苦笑した。

「私、遊んでそうに見えますか?」

「いえっ、あの、気分を悪くされたらごめんなさいっ、そういう意味じゃなくて——ハルカさんみたいに素敵な方なら、すでにお相手がいらっしゃるだろうになって思ったんです。だから、それが不思議で」

慌てて疑っているわけではないことを伝えつつ核心を突くと、彼は小さくため息を吐いた。

「お相手が簡単に見つかるなら、苦労はしないんですよね。実際に周りの人間に言われるんですよ。『もういい歳なんだし、そろそろ将来を見据えて身を固めないと』って。でも、これから先の長い未来を一緒に歩んでくれる相手だからこそ、真剣に考えたいじゃないですか。だから、自分に興味を持ってくれたからといって『じゃあお付き合いしましょう』とは気軽に言えないというか」

「……真面目なんですね」

彼の言葉に、ひとりごとのような感想がこぼれる。

「失礼ですが、やり手の社長さんとかって女性関係が派手なイメージがあって……だから少し驚きました」

「そういう人もいますよ。でも価値観って結局人によりますよね。……ということで、理解してもらえました？」

ハルカさんがそう訊ねながら、にっこりと微笑んだ。

「私が軽い気持ちでサーヤさんに近づいているわけではないと」

優しい笑顔の割りにはっきりとした物言いが、彼の確固たる意志を表しているように感じる。同じ口調で彼が続けた。

「やっと、ずっと一緒にいたいと思える女性に出会えたんですから。なんとかあなたに振り向いてもらえるように頑張りますね」

こういうとき、なんて答えればいいんだろう。「はい」は変だし、「わかりました」もおかしい。これほどストレートに気持ちをぶつけられた経験がないせいもあり、照れてしまって反応に困る。

「――他にもありますか？　聞きたいこと」

「あっ、はい」

相応しい返事に悩んでいたけれど、彼のほうから別の話題を振ってくれたこともあり、私はもういくつか彼に訊ねてみることにした。

オンラインゲームをやり始めたのは大学時代に留学した際、日本語が恋しくなったのがきっかけで、ユーザー同士コミュニケーションを取りながら進められる面白さに感銘を受けて遊び続けていること。職場や身近な友人に対しては、ゲームが趣味であるのをオープンにしていないこと。それゆえに私とゲームの話ができるようになってうれしい、という感想も聞けた。

細かい部分で言うと、彼が自身を『私』と言うことも気になっていた。ビジネスシーンでは男性もよく使う一人称だけれど、彼はプライベートやゲームのチャットでも『私』を使っている。思い切って訊ねてみると、ビジネスシーンでうっかり『俺』や『僕』が出ないようにするためらしく、なるほどと思った。彼の言う通り、普段から習慣づけていれば間違えることはないだろう。

「……なんだか質問攻めにしちゃってすみませんでした」

思いつく限りの質問と回答の応酬を繰り返すうちに、お互いのマグに並々と注がれていたコーヒーは飲み干されていた。結構な時間、お喋りをしていたことになる。

「とんでもない。むしろ興味をもってもらえてうれしいですよ。……あ、そうだ」

ハルカさんは言葉通りにうれしそうに言うと、小さく声を上げて続けた。

「今度は私からひとつ、質問してもいいですか？」

「はい、もちろん」

「サーヤさんが心惹かれる男性ってどんな人ですか？　今度の参考にさせてもらいたくて」

「……参考、ですか」

ハルカさんは穏やかそうに見えて、結構真正面からぐいぐい来るタイプみたいだ。

直球なアピールに、心臓がドキッと跳ね上がる。私は少し考えてから口を開いた。

「あの……月並みな答えで申し訳ないんですけど、優しくて誠実な人、ですかね。いきなり『別の女性との間に子どもができた』とかはもう勘弁してほしいです」

冗談でそう言えるくらいには、耀くんとのことを『過去』として切り離して考えられるようになったけれど、他の女性の影が見える男性は遠慮したいものだ。

「承知しました。サーヤさんに認めてもらえるように努力しますね」

「努力だなんて。必要ないです、ハルカさんはそのままで大丈夫ですよ！」

最初の質問で、彼が女性に対してかなり慎重な考え方を持っていることは理解したから、優しくて誠実であるために努力する必要なんてない――という意味で言ったつもりだった。

でもいざ口に出してみると、それは彼がすでに私の理想に当てはまっているという表現に聞こえなくもない。現に、目の前のハルカさんはちょっとびっくりしたように瞠目している。

――もしかして私、自覚がなかったとはいえ、すごく思わせぶりな台詞を発してしまったのでは？

「って……あっ、なに言ってるんですかね、私……すみませんっ」

顔が熱い。軽く混乱した私は、もごもごとそう言った。

「――そうだ、コーヒーおかわり持ってきますねっ」

空になったマグに視線を滑らし、ちょうどよくその場を離れる口実を見つけた私は立ち上がり、ぱたぱたとスリッパの音を響かせながらキッチンにあるコーヒーメーカーを目指して駆け出した。

そのままで大丈夫っていうのはそういう意味じゃなく、ただハルカさんは十分に優しくて誠実であることを肯定しただけだ――と、きちんと説明すればそれでよかったのに、できなかった。

……多分それは、私が彼に惹かれ始めているからだ。だから否定できなかった。

彼がそうであるように、私にとっても彼と過ごす一分一秒が心地よく、心が弾むものとなっている。彼と過ごす食事の時間が、寝る前のゲームの時間が、安心感と高揚感とで私の心を満たしてくれる。

失恋したばかりなのに、もう他の男性に傾きかけてるなんて——と、呆れている自分がいるけれど、自分自身といえども感情はコントロールできない。

惹かれる気持ちは、どうすることもできないのだ。

いっそこの気持ちを素直にハルカさんに伝えるべきかとも思うけれど、自分でも固まっていない想いを打ち明けるのは無責任だ。

——もう少し。もう少しだけ、自分の気持ちに自信が持てるようになったら、そのときはちゃんと彼に伝えよう。

私はそう心に決め、コーヒーメーカーの機械で温めていたポットを手に取り、席に戻ったのだった。

◆◇◆

翌日の日曜日。少し会社で仕事をしてくると言い、ハルカさんが家を出て行った直後の十時すぎ。少し遅めの朝食の後片付けをしながら、ぼんやりと今晩の献立を考えていたときのことだった。

キッチン一帯に軽快な電子音が響いた。発信源は手前にあるインターホンのようだ。

この家には珍しく、誰かがやってきたらしい。私は手拭きタオルで濡れた手を拭いてから、インターホンの前に立った。

備え付けのカメラが、玄関にいる人物の姿を映し出す。髪の長い、若い女性だ。

「はい、どちら様でしょう」

「それはこっちの台詞よ。あんたこそ誰？」

まさか問いに対して問いが返ってくるとは思わなかった。予想外の返答に加え、やや攻撃的な口調に絶句していると、女性が続けた。

「――聞こえてるの？　あんたは誰って聞いてるんだけど……あ、もしかして」

不機嫌そうな様子を隠すでもなく言ってから、女性は思い当たったとばかりにこう訊ねた。

「あんたね、悠ちゃんを惑わせてる女は。ねぇ、そうなんでしょ」

「ま、惑わせてる……？」

悠ちゃん――というのはハルカさんのことで間違いないとして、穏やかでない言われようだ。

「しょ……少々お待ち頂けますでしょうか。すぐにそちらに参ります」

インターホン越しに話していても仕方がない。ハルカさんのお知り合いなら不在であることをお伝えしなければいけないし、もっと親しいご友人であればお家に上がって頂いて、ハルカさんに連絡をしなければ。

私はインターホンの接続を切ると、廊下を走って玄関に向かった。スリッパから自分のサンダルに履き替えて、大きな外扉の外に出る。

「わっ」

目の前に女性の姿があり、思わず声が出た。「待ってください」と伝えていたにもかかわらず、女性は勝手知ったるとのごとくすでにアプローチを通り、外扉に手をかけようとしているところだった。

歳は多分、二十代前半。上下オフホワイトのノースリーブとワイドパンツのセットアップに、同じ白系統のサンダルを身に着けた彼女の右腕には、ハイブランドの真っ赤なミニトートが提げられている。長く茶色い髪を緩くコテで巻き、いわゆるギャルメイクが馴染むぱっちりした瞳とスッと通った鼻筋。やや薄めの唇には、赤みの強いオレンジのリップが施されている。

ノースリーブから伸びる腕や、パンツから覗く足首は細く、それでいて身長が高い。一七〇センチ近くはあるのではないだろうか。彼女がヒールのあるサンダルを履いているのも相まって、向かい合っているのに見上げなければいけない。

――すごく美人で、スタイルのいい人。この人、いったい誰なんだろう？

「ふーん……」

私が彼女を思わず観察してしまったように、彼女のほうも私を値踏みするみたいにじろじろと見つめていた。

「……フツーすぎる」

頭からつま先までを視線の先で何往復もされたあと、彼女が小さくつぶやいた。それから、我慢ならないという風にさらに口を開いた。

「なによ、あまりにもフツーじゃない。こんなフツーな女が悠ちゃんの好きな女だなんてありえないっ！」

彼女がなぜ怒っているかはわからなくても、私が貶されているのはよくわかった。自尊心にぐさりとナイフを突き立てられながらも、私はどうにか笑顔を取り繕った。

「……ハル――じゃなくて、河岡さんのお知り合いですか？」

「そう、従妹のアユミ。それより、悠ちゃんを呼んでくれる？」

「申し訳ございません、ただいま外出しておりまして」

「へえ、そうなんだ。じゃあ待つからなかに入れて。そこの荷物も一緒にね」

従妹だというアユミさんが自身の背後を示すと、ラベンダー色の大きな旅行ケースが見える。それも彼女の持ち物ということなのだろう。

「しょ、承知しました。運ばせてもらいます」

「よろしく。あたしは先に上がらせてもらうから」

アユミさんは涼しげにそう言うと、こちらを振り返ることもなく、さっさと家の中に入っていってしまった。


運んだ旅行ケースはひとまず玄関に置かせてもらい、アユミさんをリビングにお通しした。最初は応接室にご案内しようとしたのだけど、本人が『そんな堅苦しい関係じゃないから』と強くおっしゃったからだ。

ニルギリのアイスティーをお出しした直後、私はランドリールームへと向かった。ハルカさんへ連絡を入れるためだ。

「サーヤさん、どうしました？」

五回目のコール音のあと、彼に繋がった。基本的に仕事中の彼に電話をすることがないので、ハルカさんもなにかあったと察しているようだった。

「すみません、お仕事中なのに。あの、ハルカさんの従妹のアユミさんって方がお家にいらしていて……ハルカさんが戻るまでお待ちになるということでしたので、それをお伝えしようと思いまして」

「えっ、本当ですか」

純粋な驚きよりも、困惑が勝ったような言い方だった。

「――そうですか。わかりました。ではこれからすぐに戻ります。少しの間、申し訳ありませんが対応よろしくお願いいたします」

「もちろんです、承知しました」

手短に通話を終えリビングに戻ると、彼女はガラスのタンブラーを、ビビッドなピンク色のネイルが施された指先に取りしげしげと眺めている。タンブラーの中身を一口飲み、それから私の顔をじっと見た。

「これ、自分で淹れたの？」

「はい、そうですけど……なにか？」

思わぬところを突っ込まれ、一瞬焦るものの嘘をつくわけにもいかない。私は恐る恐るそう答えた。

「アイスティーって、淹れ方が下手だと濁ったりするけど、綺麗に透き通ってるから、買ってきたのかなって」

「は、はぁ……」

「ま、あたしはミルクティー派だからそんなの気にしないけどね」

一緒に出したガムシロップとミルクポットでミルクティーを作り上げてから、喉が渇いていたのか彼女はタンブラーの中身を半分ほど飲んだ。

よくわからないけれど……遠回しに褒めてくれたのだろうか。うん、そう思っておこう。私は彼女に会釈をしてから、斜向かいに腰かける。

アイスティーのおかわりを経てしばらく会話を交わすうちに、少しだけ彼女のことが見えてきた。

名前は藤野愛弓《ふじのあゆみ》。二十二歳の大学生。現在、ロサンゼルスに留学中で一時帰国しているらしい。ハルカさんは父方の従兄で、小さいころから交流があるのだそう。両親の住む実家は地方の政令指定都市で、飛行機で二時間程度の距離とのこと。

「申し遅れました、私は森崎紗彩です。今は、こちらで家事手伝いをさせて頂いてます」

彼女のことばかり聞いていて、自分のことをなにも話さないのは失礼だろうか。そう思い、遅ればせながら名乗ってみると、

「別にあんたのことなんて興味ないんだけど」

「す、すみません」

――一蹴されてしまったので謝った。インターホンの時点で薄々感じてはいたけれど、どうやら嫌われているようだ。

「それより、小牧さんの姿が見えないけどどうしたの？」

「それが、ご家族が倒れられて……」

周囲をきょろきょろと見渡しながら愛弓さんが訊ねた。彼女は小牧さんとも面識があるらしい。見知った人物の姿が見えないことに不安を覚えたようだけれど、私が彼女のいない一ヶ月間の代打である旨を告げると、少し安心したようだった。

「それにしても、荷物が大きくて大変でしたね」

「空港から直接来たからね」

「真っ先にご自宅に帰らなくて大丈夫なんですか？」

久々の帰国なら、いの一番に自宅に向かいそうなものなのに。

「うん。うちは放任主義だからね。今回も一週間悠ちゃんちで過ごすねーって言ったら、『はいはい』ってそれだけ。サッパリしてるでしょ」

「一週間、ここで過ごす、ですか？」

今、重要なことをさらっと流されたような気がした。慌てて訊ね返すと、愛弓さんは顎に人差し指を当てながら、首を傾げる。

「あれ、悠ちゃんから聞いてない？　あたし、これから一週間お世話になる予定なの。なんども念押ししたんだけど」

「あ、えっと……聞いてない、ですね、はい」

ハルカさんはそういう特別なことがあれば必ず伝えてくれそうだけれど、思い返してみても昨夜も今朝も、なにも言われなかった。

「そ。じゃ、そういうことだから、よろしくね」

この気難しそうな人が一週間も滞在するなんて、私、きちんと応対できるだろうか。頭のなかがぐるりと渦を巻いた瞬間、玄関の扉が開く音が聞こえた。

「もしかして、悠ちゃん？」

愛弓さんはそう発した途端、まるで父親が帰ってくるのを心待ちにしていた子どものようにソファから立ち上がり、玄関へと駆け出した。私もそんな彼女を追う。

「ただいま――」

「悠ちゃん、おかえり！　やっとリアルで会えたね！」

愛弓さんは語尾にハートマークを乱舞させながらそう言うと、スリッパを脱ぎ捨て、裸足のまま玄関に降りた。そしてこともあろうか、ハルカさんに抱き着く。

「あ、愛弓？　こら、離しなさい」

抱き着かれた瞬間こそ慌てていたハルカさんだけど、すぐに落ち着きを取り戻して愛弓さんの両腕を摑んで下ろし、身体から引き剝がした。

「えー、もーなんで？　かわいい従妹が久しぶりに会いに来たっていうのに、うれしくないの？」

ハルカさんのきっぱりとした拒絶が地味に堪えたらしい。愛弓さんはむくれながらも手を離し、一段上に戻ってくる。

「会いに来るって話も愛弓が勝手に決めただけだろう。私は許可した覚えはないが」

「パパには許可もらったもん」

「……常識的には、叔父さんの許可より家主の許可が必要だろう」

ハルカさんの言う叔父さんとは、放任だという愛弓さんの親御さんのことだろうか。傍から聞いていると、彼のほうが道理に適っている主張に思える。

「カタいこと言わないでよー。久しぶりの日本なんだよ。一週間しかいられないんだよ。好きな場所で過ごしたいじゃない」

「……幾度も説明しただろう。今は愛弓を泊められる状況じゃないって」

「うん。全然納得できる理由じゃなかったけどね」

愛弓さんは不服そうに言うと、横にいる私を指差した。

「悠ちゃんがこの女を泊めてるからダメなんて、そんな理由ある？　従妹のあたしを差し置いて、赤の他人のこの女が優先される意味がわからない」

「愛弓」

するとと、ハルカさんが彼女を一喝した。いつも穏やかな彼の厳しい声音に愛弓さんの勢いが多少衰える。ハルカさんは同じ口調で続けた。

「普段、小牧さんがいてくれる環境とは違うんだ。彼女はうちに泊まっている間、厚意で家事をしてくれている。そんな彼女の負担を増やしたくないんだよ」

「あたしが泊まると仕事が増えるって言いたいの？　ならいいよ。自分のことは自分でする。それなら文句ないでしょ」

「実家では全部お手伝いさん任せだって聞いてるけど。それに、ホームステイ先でも上げ膳据え膳だって」

「なにそれっ、パパね、余計なこと言ったの！」

愛弓さんはこの場にいない自身の父親への怒りで口を尖らせたけれど、すぐにその怒りを鞘に収めるように消し去ると、今度は迷子のような頼りない表情を浮かべる。

「もう来ちゃったものはしょうがないじゃない。冷たいこと言わないで泊めてよ、悠ちゃん。部屋は余ってるんだし。……この辺りに友達もいないし、実家までは電車と飛行機を乗り継がなきゃいけないでしょ。悠ちゃんに断られたら、行くところがなくなっちゃう」

ゴールドのアイシャドウにくっきりとした黒いアイラインが引かれた彼女の瞳が見る見る間に赤く潤む。次第にか細くなっていく声を聞いていたら、愛弓さんが可哀想に思えてきてしまった。行く宛てがないと嘆く彼女と、ほんの数週間前の自分を重ね合わせてしまったからかもしれない。

「泊めて差し上げたらいかがでしょうか」

ハルカさんがなにか言い返すよりも先に私が言った。

「――すみません、私が口を挟むことではないのですが、私のことを気にしてくださっているんだとしたらなにも問題ありません。ひとり増えたからといってお掃除の内容は変わりませんし、お洗濯もお食事もふたり分が三人分になるのは大したことではないので」

「サーヤさん……しかし」

「あんた、意外と話がわかるじゃない。紗彩、だっけ」

形勢が逆転したことを瞬時に悟った愛弓さんは声のトーンを高くして、なんだかんだで覚えてくれていたらしい私の名前を呼んだ。

「紗彩がそう言ってくれてるなら、なおさら問題ないじゃない。多数決であたしはここに泊まります。決まりっ」

この決定は覆らないとばかりに語尾を上げると、彼女はこの話から離脱するつもりなのか小走りで廊下の奥に消えていった。

「……本当にいいんですか？　私だけではなく、愛弓のことまで」

愛弓さんの背中が見えなくなると、彼は疲れたようにため息をもらしてから、私を気遣ってくれる。

「はい、大丈夫です。ご実家に帰ろうにも難しいでしょうし、愛弓さんのご両親も別に宿泊先を探すよりはこの家に泊まってもらったほうが安心されるでしょう」

まだ大学生だという愛弓さんを追い払うわけにはいかないし、彼女の言う通り他人の私が居座ることで親戚である彼女の居場所をなくしてしまうのはおかしな理屈だ。

……正直、彼女と上手く接していけるかの不安はあるけれど、どうしても口を出さずにはいられなかった。因果応報。困っているのなら、助けてあげないと。

「本当に、あなたには頭が下がります。……彼女はああいう性格なので、ご迷惑おかけすると思いますが、よろしくお願いします」

「はい、任せてください」

力強くうなずいてみせたものの、すでにじわじわと感じている不安がしっかりと的中し、私とハルカさんの関係を大きく変えるきっかけになるとは——今の私は、まだ知る由もなかった。

◆◇◆

「お疲れさまでした。大変だったでしょう」

「いえいえ、全然です」

明るい声で答えてみるけれど、本音を言えばどっと疲れを感じているところだった。ダイニングテーブルに突っ伏してしまいたいところを、ほんの少し椅子の背凭れに凭れかかる程度で我慢する。

こんなに一日を長いと思ったのは久しぶりかもしれない。あのあと、急いで二階にもうひとつあるゲストルームのセッティングをし、彼女を案内したあと、買い物に出かけて昼食と夕食の材料を購入した。

私とハルカさんは朝食が遅かったこともあり、それほど空腹を感じていなかったので、三人分一気に作ることができ、かつ分量を調節できるパスタにした。

ハルカさんのときにもそうだったように、食べ物の好みがわからない場合はひとまず奇をてらわないスタンダードなものを作るに限る。であれば、ボロネーゼかナポリタンにしたいところを、彼女が上下白の服を着ていたことを思い出し、ベーコンとしめじを使ってクリームパスタにした。

ハルカさんの評価は上々だったけれど、ロスでの食事に慣れていた彼女には薄味で物足りなかったようだ。それでもしぶしぶ合格点はもらえたので、ひと安心だ。

そこから各部屋の掃除を済ませ、朝のうちにランドリールームに干していた洗濯物を取り込んでいると、大判のビニール製のショッパーを手に提げた愛弓さんがその場にやってきた。

『悪いけど、着替えがもうないからこれ洗っておいて』

彼女は歌うように言い、ショッパーを私に押し付けて廊下に出て行った。あまりに一瞬の出来事で、私はぽかんと口を開けたままその状態で固まってしまった。

ショッパーの中身を出してみると、ワンピースやブラウス、Tシャツなどと下着、靴下、ハンドタオルなどがぐちゃぐちゃになって出てきた。いかにも使ったあとそのまま突っ込みましたという状態だ。

せめて他人に渡すのならもう少し整った状態で渡してもらってもよさそうだけれど、

ハルカさんが言っていた「実家ではお手伝いさんに任せきりで、ホームステイ先でも上げ膳据え膳」との情報を思い出して妙に納得した。この感じは普段洗濯をしない人の纏め方だ、と。

というか、さっき彼女の口から「自分のことは自分でする」との宣言が出ていたような気もするのだけど、すっかりなかったことにされている。私のほうも愛弓さんにやってもらおうとは思っていなかったので構わないのだけど。なんか、ちょっと、引っかかったりして。

デリケートなものは洗濯ネットに入れて洗濯機にかけている間に、干していた洗濯物の取り込みと畳む作業を完了させる。その後、洗い終わった愛弓さんの洗濯物を干し、洗濯関係は一旦終わり。

その時点で三時半が過ぎようとしていた。夕食の準備の前にひと休みしようかとリビングに行くと、またもや愛弓さんに遭遇。

『喉が渇いたからお茶でも出して！　ついでになにか甘いものも欲しいんだけど』

彼女が気に入ってくれた――と思われる――ニルギリのアイスティーに、ガムシロップとミルクを添えて出したあと、甘いものという課題に頭を悩ませる。あまりボリュームのあるものだと夕食に差し支える可能性があるので、昨日焼いて食べたパウンドケーキの余りと、最近気に入って冷蔵庫に常備しているギリシャヨーグルト、それと冷凍のミックスベリーを使って、トライフルを少量グラスに盛って出してみた。

『チョコ系がよかったなー』とボヤきつつも、愛弓さんは全部食べてくれた。私もその横でアイスティーを一杯飲み、それから夕食の支度に取り掛かる。

帰国したばかりの愛弓さんは和食が恋しいのではと、旬のスズキを煮付けにして、とうもろこしの炊き込みご飯、豆腐とカイワレ大根のサラダ、めかぶおろし、かき玉汁という献立に決め、それぞれ並行して調理する。今回は昼食の反省も踏まえ、少しだけ濃いめの味付けにする。

私がキッチンに立っている間、幾度かカウンター越しに彼女の様子を覗いてみたけれど、リビングのソファに横になり、ずっとスマホとにらめっこしているようだった。軽快に指先を動かしていると思ったら、時折イライラして短い声をもらしたりもしていて——おそらく、彼女はゲームをしていたのだと思う。私も同じような状態になっていることがあるからわかるのだ。いったいどんなゲームをしているのやら。

目標にしていた十八時過ぎには、もう食事を始めることができていた。

仕事のため自室にこもっていたハルカさんとも再び合流。愛弓さんが『「FU」って面白いね！』と彼に話を振ったことで、彼女がさきほどスマホに夢中だった理由を知った。ハルカさんのお気に入りのゲームが『FU』だと突き止めた愛弓さんは、自分も同じゲームで遊ぶことで共通の話題を作ろうとしているみたいだ。

愛弓さんの『FU』歴は二ヶ月。その間に、幾度かハルカさんとパーティーを組んで遊んでいるらしい。昼間、彼女がハルカさんと顔を合わせた瞬間に「やっとリアルで会えた」と発言していたのが少し気になっていたけれど、そういうことなら理解できた。

昼食と同様、絶賛してくれるハルカさんに対し、愛弓さんは『魚って食べにくい』『どれも地味だね。もっとオシャレなもの食べたい』とのこと。彼女のためにあえて素朴なメニューにしたつもりだったのだけど、あまり心に刺さらなかったようだ。とはいえ、だいたい完食してもらえたので、失敗というわけでもないと思っている。

夕食後のコーヒータイムで私も『FU』をやっていることを打ち明け、一緒に遊ぼうという話を持ちかけてみたけれど、反応は芳しくなかった。そばにハルカさんがいたこともありはっきりとは断られなかったけれど、彼女はハルカさんと接点を持ちたいがためにプレイしているようなので、私はお呼びでないようだ。その素直さが、いっそ清々しい。

空の旅での疲れを癒すため、愛弓さんは現在バスタイム。夕食の後片付けを終えて一日の業務が終了した私を、ハルカさんがこうして労ってくれているというわけだ。対面に座る彼が、申し訳なさそうな視線をくれる。

「失礼な振る舞いもありすみません。お恥ずかしい限りです。あまり無理を言うようなら、聞き流して頂いて結構ですので。その場合は、私も叱りますし」

「いえいえ、ハルカさんが謝ることではないですよ。久しぶりの日本なんですから、それで少しでも気持ちよく過ごせるなら問題ないです」

彼女の奔放な発言に思うところがないわけではないのだけど——そもそも私のほうが居候をさせてもらっている立場だし、母国に帰ってきた安心感で普段よりもわがままを言いたくなってしまっているのかもしれない。私の行動ひとつでその気持ちを満たせるのなら、目を瞑ってもいいのかな、という感じだ。

「従兄妹同士ってことでしたけど、仲がいいんですね」

「親同士がとても仲がいいので、家族で集まる機会は世間一般に比べても多かったんですよね。なので、きょうだいみたいなものです」

「語弊のある言い方になってしまいますけど……その、きょうだいというよりは、こう、ハルカさんを男性として慕っている……みたいなところ、ありますよね？」

インターホンでの愛弓さんとの会話が頭を過り、私は思い切って訊ねてみた。

「……客観的に見てわかりますか？」

「それはもう」

念を押すように深くうなずく。初対面である私のことを『悠ちゃんを惑わせてる女』なんて表現するのは、彼氏に言い寄る女性に対して彼女が抱く感情と等しいのではないだろうか。

「……もとはと言えば、前回愛弓が日本に一時帰国したときの家族の集まりで、うちの父親と愛弓の父親が、酔いに任せて私と愛弓が結婚すればいい――なんてしょうもない話を始めたのが原因なんです。なんでそんな話題になったのかも思い出せない、ただの酒の肴だったんですけど」

その場の光景を思い出しているのか、彼は困惑気味に眉根を寄せる。

「年頃の女の子にそんな話をしたら、多少なりとも影響されてその気になってしまうでしょう。それから愛弓からの接し方が変わって、ああいう感じに。……懐かれている、と言えばいい表現ですが、私もどんな風に応対するべきか悩んでいましてね」

「ハルカさんは、愛弓さんをそういう風に見たことはないんですか？」

同じ女性である私から見ても、彼女は美人で目を引く。男性である彼ならなおのことそう感じるのではと想ったけれど、彼は即座に首を横に振った。

「あるわけないですよ。歳も九つ離れていますし、わずかにですが血も繋がっている親戚です。大切には思っていますが、それ以上の感情はないです」

確かに、家族に近い関係なら今さら恋愛対象にはならないのかもしれない。彼女のほうは、そうではないみたいだけど。

「だから愛弓さんをお家に泊めたくなかったんですね」

「それもありますけど……」

テーブルに両腕を乗せて身を乗り出すと、彼はちょっと改まった口調で言った。

「一番の理由は、サーヤさんとの時間を大切にしたかったからです」

ほんの一瞬、気恥ずかしさのためなのか口にするべきかどうか躊躇った間が、彼の言葉に真実味を与えていた。

「実は、愛弓にも私の気持ちは伝えてあるんです。今はサーヤさんが家にいてくれているので泊められないことと、私の気持ちがあなたにあることを。でも彼女のことなので、全然聞き入れてくれませんでした。まさか強硬手段を取ってくるとは思いませんでしたが」

『こんなフツーな女が悠ちゃんの好きな女だなんてありえないっ！』

玄関で彼女が怒っていた意味がやっとわかった。あれは、ハルカさんの気持ちを知っていたからだったのか。美人な愛弓さんを差し置いて、私のようなごく普通の女に矢印が向いていることに我慢ならなかったのだろう。

「今の私には、あなたと過ごす時間がなによりも大事なんですよ。あと二回週末を迎えると、小牧さんと約束した一ヶ月です。彼女が戻ってくればあなたは自由になるわけですから……ふたりでいられる間はその時間を楽しみたかったんです」

「ハルカさん……」

彼の名をつぶやくと、テーブルに乗せていた私の手の甲に、彼の指先がそっと重なってくる。思いがけずハルカさんの体温を感じて驚いたけど、嫌ではなかった。むしろ、うれしいような、恥ずかしいような、不思議な高揚感に支配される。

「サーヤさんが望むなら、いつまでもここにいてもらって構いません。でもそれは、私のひとりよがりですから」

「すみません、私、まだきちんとお返事できていなくて」

焦らしているわけではないのだけれど、私はまだ自分の心を決めかねていた。手ひどくフラれた真新しい傷が、次の恋愛へ踏み出すのを躊躇させている。

優柔不断な私を責めるでもなく優しく微笑んでくれると、重ねた人差し指の先で甲をトントンと叩いてから、彼の手が名残惜しそうに離れていく。

「返事は急ぎませんので、じっくり考えて結論を出してください」

「は、はいっ」

……遠ざかる彼の指先に、ほんの少し寂しい気持ちがした。そう思ったことを悟られないように返事をしたところで、廊下から軽快なスリッパの音が聞こえてくる。

「サッパリしたー。紗彩、なにか冷たいもの飲みたいなー」

目が覚めるようなコバルトブルーの、パイル地のタンクトップとショートパンツという大胆なルームウェアで現れた彼女は、自分の家であるかのようにばっちりくつろいでいるように見える。

愛弓さんがダイニングテーブルの傍に立つと、ハルカさんは呆れた風に眉を上げた。

「愛弓、さっきも説明しただろう。彼女は実家のお手伝いさんとは違うんだ。それくらい自分で持ってきなさい」

「えー、だって他人の家の冷蔵庫を勝手に開けるのってお行儀悪いじゃない？」

「いいですよ、持ってきますから、少し待っていてください。河岡さんはどうされますか？」

彼女がもっともらしく言うものだから笑いつつ、私は立ち上がってハルカさんにも訊ねる。彼女の手前、いつもの呼び方では呼べないため、ほんの少しだけ緊張した。

「私は大丈夫です。ありがとうございます」

彼に頭を下げてから、支度のためにキッチンに移動する。

「だいたい、どうしたんだその格好は。肌を出しすぎじゃないのか？」

「向こうの友達はみんな外でもこういう格好してるもん。なに、セクシーだって思った？」

「というより、風邪を引きそうだなって」

「ひっどーい」

キッチンで作業をしているがゆえ、会話を追いかけるのみになっているけれど、ハルカさんの冷静でいて少し心配そうな返しに対して愛弓さんが頬を膨らませている様子が目に浮かぶようだった。

「——それより、ね、悠ちゃん。あたし紗彩とふたりで話したいことがあるんだ。その間に、お風呂入ってきてくれる？」

「話したいこと？　愛弓とサーヤさんが？」

「いいでしょ、交友を深めたいの。これから一週間お世話になるわけだし、仲良くなりたいって思うのは普通じゃない？」

「……そういうことなら」

訝しがっていたハルカさんだけれど、『仲良くなりたい』という言葉を無下にもできず、彼女の言葉に従うことにしたようだ。

「すみません、ではお先にシャワーを浴びてきます」

私がトレイにコースターとタンブラーを乗せて戻って来ると、ハルカさんが椅子から立ち上がり軽く頭を下げた。

ふたりで彼を見送ったあと、たった今彼が座っていた場所に愛弓さんが腰かけたので、彼女のために用意した飲み物を置いた。

「どうぞ」

「これなに？　色が薄い」

「カモミールティーです。寝る前なので、ノンカフェインのものがいいかな、と」

多めのリーフで濃いめに出したカモミールティーを、氷の入ったタンブラーに注いで冷やしたものだ。これなら夜でも安心して飲めるし、気分がすっきりしておいしい。

この家にはコーヒーやお茶の類のストックがたくさんあり、種類も様々だ。それらを自分が積極的に飲んでしまうのは気が引けるけれど、家族同然の愛弓さんならば問題ないだろう。

「へー、そう」

彼女は短くうなずくと、タンブラーの中身を一気に飲み干し、コースターの上に置いた。お気に召したかどうかはわからないけれど、少なくとも嫌ではなさそうだ。

「……愛弓さん、その、話って」

彼女が本気で私と仲良くなりたいと思っている――なんてことがあるだろうか。内心でそう思いつつ、彼女の真向かいに座ると、微かな希望にかけて訊ねてみる。

「悠ちゃんと紗彩って付き合ってるの？」

あまりにも直球な質問に硬直してしまった。

「どうなの？　付き合ってるの？　付き合ってないの？」

黙ったからと言って、愛弓さんの追及の手が緩むわけではない。畳みかけるようにさらに問いを重ねてきた。

「お付き合いはしてない……です」

事実をありのまま伝えると、愛弓さんは唇の端を上げてニッと笑った。

「じゃ、悠ちゃんの片想いなわけだね。よかった。あたし、悠ちゃんのことが好きなの。彼と結婚したいと思ってるし、親同士もそう思ってくれてる。だから、日本にいられるこの一週間で、あたしのこと好きになってもらうつもりなんだ」

照れもなく堂々と口にすると、愛弓さんは得意そうな笑みをそのままにうっとりとした口調で続けた。

「悠ちゃんって素敵だよね。学生のころからなにかを成し遂げようって意欲がすごかったし、立ち上げた会社もぐんぐん成長して今や有名カフェチェーンの敏腕経営者。自分の従兄《いとこ》ながら尊敬してたんだ」

さんは、父親たちに焚き付けられてその気になっているみたいな風に言っていたけれど、彼女の口ぶりから察するに、きっとそれよりもずっと前から彼を想う気持ちがあったに違いない。

「だから言っとく。協力しろとまでは言わないけど、邪魔はしないでね」

これは宣戦布告なのだろうか。

お風呂上がりでメイクを落としたあとでも、美人の顔には迫力があった。くっきりとした二重の目で睨むように見つめられると、文字通り思わず身を引いてしまいそうな威圧感がある。

「……は、はい」

そう答えないと容赦はしない雰囲気だった。私は情けなくも、気まずい間を解消するためにうなずいてしまう。

「そ、ありがと。話が早くて助かるっ」

愛弓さんは満足そうに語尾を弾ませたあと、用件は済んだとばかりに大きく伸びをする。

「紗彩の了承も取れたことだし、今夜はこのまま悠ちゃんの部屋で待ってよーかな」

「えっ!?」

部屋で待ってるって——えっ、そういうこと？

過剰に反応する私の顔を見て、愛弓さんがおかしそうに噴き出した。

「なんて、嘘に決まってんじゃん。悠ちゃんって慎重そうなタイプだと思うから、煽るようなことしたら逆効果だと思うし」

「……そ、そうですよね」

さすがに展開が早すぎると思った感覚は間違っていなかったようで、そこだけホッとする。

「あー、明日から頑張らなきゃ。どうやって悠ちゃんを振り向かせようかな～」

「……………」

嬉々として作戦を練る愛弓さんを横目に、私は今しがたの返事を後悔していた。

『邪魔しないで』と言われてついうなずいてしまって、それでよかったのだろうか。

ハルカさんを想う気持ちが多少なりとも存在するのであれば、譲ってはいけない場面だったのではないだろうか？

……でも、今の私には、彼の真っ直ぐな告白を受け止めてＹＥＳと答える勇気がないし。そんな私が愛弓さんに物を申す資格はない。

――こうするしかなかったんだ。仕方がない。それ以外の答えが見当たらなかったのだから。

見て見ぬふりをした後悔の念は、今後、愛弓さんとの生活を重ねるにつれて大きく広がっていくばかりだった。

第六章　やっぱり、あなたが好き。

愛弓さんが河岡家に来て三日が経過した。それまで、春の海のように穏やかだった私とハルカさんの生活が、岩をも打ち砕く荒波のような彼女の登場により、険しい冬の海になってしまったかのような錯覚に陥った。

彼女の邪魔をしないと宣言してからは――させられて、という表現のほうが正しいけれど――、ハルカさんの傍には常に彼女がぴったりくっついているような状態だ。

夕食が終わり、コーヒータイムの終盤に差し掛かった今も、愛弓さんはダイニングテーブルでハルカさんの横をキープしたままだ。

「ねぇ、悠ちゃん。『FU』しよっ。どうしてもクリアできないクエストがあるんだ」

「別に構わないけど……」

彼はそう答えると、キッチンで夕食の片付けをしている私のほうに視線をくれる。

そして、こう呼びかけた。

「サーヤさんも、今日はできそうですか？」

そのとき、すかさず愛弓さんの鋭い視線も飛んできた。その目が『邪魔しないで』

と強く訴えかけている。

「……すみません、あの、家探しが全然進んでいなくて……。私のことはお気になさらず、おふたりでどうぞ」

「えー紗彩付き合い悪いー。ちょっとくらい遊べないの？」

愛弓さんは顔では満足そうに微笑みながら、拗ねたような声を出す。

「日中、まとまった時間が取りにくいので、夜のうちにいろいろと調べたくて」

「ふーんそっか。それならしょうがないよね、悠ちゃん！」

うなずきながら、愛弓さんがすぐ横のハルカさんに呼びかけると、彼は私に気遣わしげな視線を向ける。

「……やっぱり、三人分の家事が負担になっているのではないですか？　難しいようなら、無理せずそう仰ってくださいね」

「いえいえ、大丈夫です、それは問題ありませんから」

私は片手をひらりと振って否定した。事実、家事が負担になっているわけではない。

この二日間は、愛弓さんが日本に住む友人に会いに夕方まで家を空けており、日中は掃除や洗濯だけに集中できたし、なにも不都合はなかった。

「片付けが終わったので、ひとまず二階に上がらせて頂きますね。失礼します」

これ以上ダイニングスペースに留まっているとあらぬ心配をかけてしまいそうだ。愛弓さんの目も気になるし、早々に退散してしまうことにする。

私はふたりに頭を下げてエプロンを外すと、二階のゲストルームに向かった。私が自分の部屋として使用させてもらっている場所だ。

扉を開け、部屋の明かりを点けたあと、クーラーのリモコンを操作する。この部屋に戻ってくるのは、朝の支度をして以来なので、陽の光をたっぷりと吸い込んだ部屋の温度はそれなりに上昇している。

温かいベッドに横になると、ワンピースのポケットからスマホを取り出した。

『FU』のアプリを起動してフレンドリストを表示すると、『ハルカ』と愛弓さんのキャラクターである『あゆ』がオンライン表示されている。ふたりで遊んでいるのだろう。

数日前までは、この夜のゲームの時間が癒しのひとときだったのに。愛弓さんが家に来てからは、その立場をすっかり彼女に奪われた状態になっている。

彼女がハルカさんとゲームをしたがるのは、ふたりきりの時間を捻出するのが目的だ。私の存在は必然的に邪魔になるので、こうして新居探しを理由にその場を離れることにしているのだ。

本当のことを言えば、愛弓さんが羨ましいという気持ちは拭えない。忙しい彼とは夜しかゆっくり話せる時間がないのだから、私も彼とコミュニケーションを取りたいと思うし、自由にできない環境になってしまったのは辛いところだ。

でも、それを愛弓さんのせいにするのは違う。はっきり「邪魔しないという約束を撤回する」と宣言できない自分が悪いのは明白だ。

私は小さくため息を吐いてから、アプリの画面を閉じた。それから、ブックマーク登録している住宅情報のウェブサイトを開いてみる。

——新しい部屋、早く見つけなきゃ……。

トップページからずらりと並ぶ間取りと月額家賃の羅列に、私はもうひとつため息をこぼした。

新居探しが進んでいないのは、時間が足りないからじゃない。なかなか本腰を入れて探す気になれないでいるからだ。

河岡家にお世話になれるのはあと二週間程度。もう引っ越し先を決めなければいけないのに、新しい住まいを決めてしまったら、この充実感のある楽しい日々といよいよ別れを告げなければいけなくなる。後ろ髪を引かれる思いが、私の行動を鈍らせているのだ。

甘えてはいけないのはわかっている。でも――

『サーヤさんが望むなら、いつまででもここにいてもらって構いません』

家主であるハルカさんから、そんな優しい言葉をかけてもらったら、その可能性を想像してしまう自分がいる。

もう少しだけ、この家でハルカさんのお世話をしながら暮らしていくことができたなら……と。

そこまで思いを巡らせてから、私は頭のなかの都合のいい思考を振り払うみたいにかぶりを振った。

彼の気持ちと向き合う覚悟がないくせに、なにを先走って考えているんだろう。愛弓さんの牽制に怯んでしまう程度の想いで、上手くいくはずがないのに。

私がハルカさんと一緒にいることを選んだとして、この充実した日々は長くは続かないのかもしれない。結婚を前提にお付き合いをしていたはずの耀くんともそうだったように、楽しい時間というのはあっという間に終わってしまう。そして、終わりは青天の霹靂のように突然訪れるのだ。無遠慮に、唐突に。なんの心の準備も整わないままに。

もう二度と、あんな気持ちを味わいたくなかった。恐れや怯えに近い感情が、私の心に分厚い鋼の鎧を装着させる。

ハルカさんにときめいている場合じゃない。これからの自分の生活を第一に考えなければいけない。そのためには家を探し、仕事を探し、地に足の着いた生活を営むこと。

……大丈夫。河岡邸での非日常的な暮らしに舞い上がってしまったために、現実に戻り難くなっているだけだ。非日常とは日常では非ず。いずれ日常に帰らなければならないときが来ることを理解して、新生活に向けての準備をしなければ。

私はウェブサイト内の検索ボックスに希望条件を入力して物件の絞り込みを行うと、未練を断ち切るように片っ端から閲覧したのだった。

◆◇◆

夜に自室にこもる生活を続けていると、ハルカさんと会話をする機会がぐっと減った。

もっとも、愛弓さんとは一日一回、ふたりでしっかり話をする時間がある。それはハルカさんがシャワーを浴びにバスルームにいるとき。彼女はわざわざ二階の私の部屋に訪れ、ハルカさんとの進捗状況を教えてくれるというわけだ。

私から教えてほしいと頼んだ覚えはないのだけれど、愛弓さんとしては誰かに言いたいのだろう。とはいえ、彼が私を好きでいてくれていると知っての上でのこの行動は、やはり奇妙であると言わざるを得ない。

愛弓さんが河岡邸にやってきて五日目の今夜も、彼女は私の部屋を訪ね、ベッドをソファがわりに腰かけたところだった。

「ここ数日、悠ちゃんのあたしに対する表情が優しくなったような気がしない？」

「……そう、かもしれないですね」

ひとり分くらいの隙間を空け、私もベッドに腰を下ろしてうなずいた。単に同調してみたわけではなく、言葉の内容に共感したのだ。

当初は忌避する節すらあったハルカさんは、次第に愛弓さんと一緒に過ごすことを許容し、ゲームをするという名目で行動をともにするのをよく見かける気がする。

「やっぱなんだかんだ言って、あたしのこと好きになってきてるんだと思う。歳の差があるから子ども扱いしてくるけど、一緒にいてそうじゃないことに気付いてくれたのかな。努力してる甲斐があるよー」

大人っぽいメイクと髪型、それと垢抜けたファッションは、幼く見られないことを意識しているためのようだ。意外と頑張り屋だったりする。彼女の華やかな容貌と、そのひたむきさに心を打たれたとしても不思議ではない。

「愛弓さんは美人で素敵ですよ。初めてお会いしたとき、圧倒されてしまいました」

「でしょ？　紗彩ってば、なかなか鋭い審美眼じゃない」

私が素直に感想を述べると、愛弓さんは上機嫌にそう言い、白い歯を見せて笑った。

圧倒されたのは、容姿だけではなく彼女の勢いもあるのだけど——あえてそこまで説明する必要はないだろう。

でも本当に、イケメンのハルカさんとふたりで並んでいる姿を見ると、映画やテレビドラマのワンシーンかと見紛うほど美しくて尊い。それゆえに、私の存在でこの世界観を壊してはいけないよなぁ……という、弱気もどんどん溢れ出てきてしまう。

もっとも、今は恋愛よりも自分の生活を立て直すことが第一と決めたこともあり、ハルカさんのことはあまり考えないようにしているから、そういうマイナスな感情もシャットアウトすればいいだけの話。

……なのに、胸いっぱいに広がるこの苦い感情はなんだろう？

「この調子で、絶対に悠ちゃんをオトしてみせるからねっ」

「…………」

私は彼女になにも言い返せず、足元のスリッパを見つめていることしかできなかった。

「――あ、そういえば気になってたんだけどさ、悠ちゃんと紗彩って、もともとどういう知り合いなの？」

愛弓さんは思い出した風に別の話題を切り出した。今まで避けていた話題に、ついに触れられてしまった、と思う。私は動揺を悟られないように静かに口を開いた。

「……河岡さんからは聞いてます？」

「聞いたけど、ちゃんと教えてくれなかった。『そんなこと別にいいだろう』って。なんかワケありなの？」

「そういうんじゃないんですけど」

本当のことを言うのはあまりに体面が悪すぎる。かといって、変な嘘をついてつじつまが合わなくなるのも困るし……。

「私、河岡さんが経営しているカフェのアルバイトだったんです」。

「『リバーヒルズカフェ』の？　それで知り合ったってこと？」

「はい」

考えた末、接点はカフェだったことに決めた。職場なら出会わなくもないだろう。

「……経営側ってそんなに現場に行くものかな。しかも、アルバイトの子と接点持ったりする？」

愛弓さんは意外と鋭いところを突いてくる。彼女の言う通り、アルバイトの身では経営陣と接点を持ったことはないし、ハルカさんに会うまで顔すらも知らなかったくらいだ。

「さ、さあ。私は事実を言ったまでなので」

「ふーん、そう」

彼女は少し合点がいかない様子だったけれど、すぐに小さくうなずいた。

「まぁ確かに、自分のところの従業員を引き抜いて代打のお手伝いさんにしてるっていうのは、悠ちゃんとしてはあんまり知られたくないのかもしれないよね」

苦しい言い訳をどうにか信じてくれたようで安堵した——その刹那。部屋の扉をノックする音が聞こえた。

「はい」

応答したのは愛弓さんだ。ベッドから軽やかに降りると、その足で扉を開けに行く。

「——愛弓。どうしてここに？」

「えー、あたしを探しに来てくれたわけじゃないの？」

「私はサーヤさんに用事があったんだよ。バスルームが空いたから入ってくるといい」

「……ふーん」

ハルカさんの目的が自分ではないと知ると、愛弓さんはちらりと私を振り返って冷たい視線を投げてくる。その目はやはり『邪魔しないで！』と釘を刺すようだった。

「じゃあね、悠ちゃん、紗彩。お風呂入ってくる」

「行ってらっしゃい」

部屋を出ていく彼女を見送ると、扉の向こうでハルカさんが私に会釈をした。

「すみません、お忙しいのを知っているのに」

「いえ、全然。……どうぞ」

立ち上がり、彼を招き入れると、ハルカさんは扉を静かに閉めた。彼の愛用しているネイビーのパジャマ姿も、ここ数日ぐっと目にする機会が減った気がする。

「家探しは順調ですか？」

ベッドにかけてもらうように促すと、ハルカさんは遠慮がちに腰を下ろしながら訊ねた。

「はい、おかげさまで」

都内の下町のほうに一件気に入った物件を見つけて、明日その内見予約をしてある。間取りも費用も理想とはいかないまでも、十分許容できる内容だ。

「よかったです——と言いたいところですが、本音を言えば寂しいですね」

ハルカさんの柔らかい微笑みに、ふっと影が過ったのを感じた。寂しい、という言葉に胸がとくんと波を打つ。

「ここ数日は、あなたが掃除をしてくれた部屋で過ごし、あなたが洗濯してくれた服を着て、あなたの作ってくれた料理を食べているにもかかわらず、なんだか……満たされないのです。足りないのです、サーヤさん、あなたの存在が」

最初はハルカさんの顔を見つめていたけれど、熱っぽく向けられる視線が恥ずかしくて、つい俯いてしまう。ほんの少し掠れる声が切なげで、セクシーで、じっと聴き入ってしまった。

「こんなにも傍にいるのに、遠くに感じるなんて——いえ、傍にいるからこそ、あなたと接する機会が減ってしまったことが寂しいのでしょうね」

彼は心底すまなそうに視線を床に落としてから、再び顔を上げた。

「すみません、聞き分けのない子どものようなことを言っているのはわかっています。こんなことを言っても、サーヤさんを困らせてしまうだけだということも。でも、伝えずにはいられなかったのです。私は心の底からあなたのことが好きだと……大切な存在なのだと実感しました」

改めて告げられる彼の想いを素直にうれしいと思った。優しく穏やかに紡がれる言葉がひとつひとつ胸の奥に落ちていき、私のなかを温かなもので満たしていく。

部屋のなかはクーラーで冷え切っているのに、身体が熱い。この熱さが夏のせいではないことを、私は知っている。

「サーヤさん」

私の名前を呼んだ彼の手が、私の肩に触れ、そっと私を引き寄せた。私の身体は、彼の胸にすっぽりと収まってしまったことになる。

彼と触れ合っている肩口や背中の感覚が妙に鋭敏になったような錯覚に陥る。彼の指先が、厚い胸板が、私の身体に触れている。心臓が止まりそうなほどの衝撃に物を言えないでいると、彼が耳元で静かに囁きを落とす。

「サーヤさんが落ち着いたら、またゆっくり……同じ時間を過ごせたらと思います。あなたと楽しい時間を共有して、小さなよろこびを分かち合いたい。構いませんか？」

「……はい。こちらこそ」

頭で考えるよりも先に、そう答えていた。

──私ももっと、ハルカさんと同じ時間を過ごしたい。あの楽しい時間をともに味わいたいと、心から思った。

「うれしいです。そのときを心待ちにしていますね」

彼は言葉通りのうれしそうな微笑みを見せたあと、抱き寄せた肩を優しく叩いてから身体を離し、立ち上がった。

「それでは、邪魔をしてしまってすみませんでした。失礼します、おやすみなさい」

「いえ。……おやすみなさい」

私は頭を下げて彼を見送ると、閉めた扉に背を預け、両手で頬を覆った。

……ドキドキが収まらない。今、私はどんな顔をしているのだろう。

ごめんなさい、愛弓さん。愛弓さんとの約束を守れそうにない。

ハルカさんのことを想うと、左胸が甘く、切なく疼くのは、間違いなく彼に恋をしているからだ。

自分の気持ちや自分自身、男性とのお付き合いに自信が持てなくなって、愛弓さんの存在をきっかけにハルカさんと距離を取るべきかと思ったけれど……やっぱり、できない。

彼がこれほど真っ直ぐ気持ちをぶつけてきてくれているなら。そして私も同じだけ彼を想う気持ちがあるのなら。応えてみてもいいのではないだろうか。

反面、心のなかの臆病な私が、「もしハルカさんと上手くいかなかったら?」と問いかける。また別れを味わうのは怖い。それが裏切りを伴うものならなおさら。

でも今この瞬間、ハルカさんが私を必要としてくれているのは確かなのだ。真摯な彼の愛情に、私も真摯な返事をしなければ嘘になる。

——私は、ハルカさんが好き。だから愛弓さんに伝えなきゃ。「ハルカさんとお付き合いしたい」と、彼に伝えるつもりであることを。

◆◇◆

翌日の昼。物件の内見をするために出かけたものの、河岡家にスマホを置いてきてしまったことに気付いた辺りから、この日はついていないと感じていた。

いつも地図アプリがないと身動きが取れない私がどうにか担当者との待ち合わせ場所に辿り着き、内見を終えて河岡家に帰ってくると、時刻は午後四時半。

夕食の買い物は午前のうちに済ませている。今夜は愛弓さんが河岡邸で過ごす最後の夜だから、ご馳走にしようと下ごしらえをしてあるのだ。彼女の送別会のためにハルカさんが午後の会議のあとすぐに帰ってくるとのことだったから、いつでも食事を出せるように早めに準備しておこうか。

そんなことを考えながらリビングに到着すると、ルームウェアを着た愛弓さんがソファに仰向けで寝そべり、スマホをいじっている。

「ただいま戻りました。……今日は出かけなかったんですか?」

「まあね」

ソファの前まで歩み寄って訊ねると、彼女がそっけなく答えた。横にあるローテーブルの上に、忘れたスマホが置かれているのを見つけ、拾い上げる。

「うっかりスマホ忘れちゃって。都会は地図アプリがないと大変ですね」

「…………」

彼女の機嫌を窺うために追撃してみるけれど反応がない。ご機嫌斜めなのだろうか。

愛弓さんとふたりの時間が取れたら、昨夜固めた気持ちを打ち明けるつもりだったのだけど、このピリッとした空気のなかでは非常に伝えにくい。

……いや、結局いつかは伝えなければいけないのだから、どんな状況だとしても一緒か。せっかく好機がやってきたのだから、後手に回すべきではないのかも。

「……あの、私、愛弓さんに話さなきゃいけないことがあって」

私は意を決して切り出した。彼女の視線は依然、手元のスマホに注がれたままだけど、そのまま続けた。

「愛弓さんがいらっしゃる直前に、河岡さんからお付き合いしてほしいと告げられていました。私、よくよく考えてそれをお受けしようと思っています。……愛弓さんとの約束を破るようで申し訳ないですけど、私も自分の気持ちを曲げることはできませんでした」

「あたしも紗彩に話すことができたんだ」

愛弓さんがむくりと起き上がり、私を見上げた。その瞳には冷たく鋭いものが交じっている。

「あんたと悠ちゃん、本当は『FU』で出会ったんだね」

「……どうしてそれを」

彼女が知っているのだろうか。私とハルカさんしか知りえないはずなのに。

「昨日の話が納得いかなくて、ちょうどそこにあったあんたのスマホを調べさせてもらったんだ。『FU』のフレンドチャットのログ」

「勝手に見たんですか」

スマホにはキュリティをかけていないから、覗こうと思えば容易になかを覗けるだろう。『FU』を起動して、私とハルカさんの過去の会話の軌跡を辿ることも。

でも、まさか他人のプライバシーに直結するものを勝手に見るなんて——

「非常識とでも言いたげだね。でも本当に非常識なのはどっち？　男にフラれて家追い出されたからって、知らない男の誘いにすぐ飛びついちゃって。信じられない」

私の非難の感情をつぶさに受け取った彼女が、矢継ぎ早に辛辣な言葉を浴びせる。

「おかげでよくわかったよ。悠ちゃんが本気であんたを好きなわけないって」

血の気がさーっと引いていく心地がした。私の表情の変化に気付いた愛弓さんが得意顔をする。

「だってゲームで出会ったような得体の知れない女を、あの悠ちゃんが本気で口説くと思う？　いい加減に気付きなよ。都合よく利用されてるだけだってこと」

——利用されている？　ハルカさんに？　私が？

愛弓さんの敵意剝き出しの言葉が、容赦なく私を斬りつける。このとき、私を見つめる双眸に込められているのは、侮蔑と嫌悪であることがはっきりとわかった。

「好きだとかかわいいとか言って持ち上げておけば、質の高い給仕をしてくれるとでも思ったんじゃない？　手懐けたら後腐れなく遊べそうでもあるしね。なのに、なに本気にしちゃってんの。馬鹿みたい。所詮あんたなんて小牧さんが帰ってきたらお払い箱なんだし、そしたら捨てられるに決まってる。真剣に考えるだけ無駄――」

「ハルカさんはそんな人じゃありません」

言い返しちゃだめだ。『因果応報』。なんども自分に言い聞かせてクールダウンしようと思ったけれど、このときばかりはできなかった。堪えられずに被せると、彼女は嘲笑をもらした。

「知った風な口きかないでよ。あんたに悠ちゃんのなにがわかるっていうの？」

「ハルカさんとは二週間も一緒に暮らしていたので、彼がそういう利己的な計算のない、誠実な人であるのはわかっているつもりです」

「たった二週間でしょ。相手の本質が見抜けるほどの時間じゃない」

「二週間でも伝わります。……私のことはどんなに詰ってもらっても構いません。事実なので。でも、ハルカさんを悪く言うのだけはやめてください」

自分の行動についてはどんなに非難されても構わない。でも、彼が私に想いを伝えてくれたのは。家事をさせるためとか、手軽に遊ぶためとか、そういう邪な理由じゃないと信じている。彼の真摯な気持ちを踏みにじられたようで、我慢ならなかった。

「愛弓さんもハルカさんのことが好きならわかっているはずです。彼はそんな卑怯な振る舞いをする人じゃないって」

「…………」

それまでマシンガンのように言葉を発していた愛弓さんが俯いて黙り込んだ。私がこんなにむきになると思わなかったのか、私の台詞に納得したのか。あるいは、その両方なのかもしれない。

「……すみません。偉そうなことを言って。ちょっと、頭を冷やしてきます」

彼女を責めるつもりはなかったけれど、河岡さん庇ったことで結果的にそういう物言いになってしまった。一度冷静になるために、私は彼女に頭を下げると、踵を返した。二階へ続く階段に向かおうとしたところで、玄関から続く廊下の手前に人影を見つける。

「ハルカさん……」

私はその人物の名を呼ぶと、会釈をして階段を駆け上がった。

いつからそこにいたのだろう。もし会話を聞かれていたらと思うと、どんな風に接していいかがわからない。彼の顔も見られずに一目散に自分の部屋へ辿り着くと、扉を閉め、膝を抱えて座り込んでしまう。

「サーヤさん」

控えめなノックの音に被さって、扉越しにハルカさんの声がする。いつもと同じ、落ち着いた彼の声だ。

「――すみません、立ち聞きするつもりはなかったのですが……会話に割って入るタイミングがなくて」

「……どの辺りから聞いてらっしゃったんですか？」

「……愛弓に『話さなきゃいけないことがある』、くらいからですかね」

「…………」

ということは、全部聞かれてしまっているのか。間接的に告白をしてしまったのと変わらない状況に気が付き、急に恥ずかしくなってきた。思わず両膝に顔を埋める。

「サーヤさん、少しお話しても構いませんか？」

私は観念して立ち上がると、扉を開けて彼を招き入れた。彼と視線を合わせると、心配そうな表情が少しだけ和らいだように思える。

「……あの、愛弓さんの様子は？」

前の日、彼と会話を交わしたときにようにベッドに腰かけてから、私から訊ねた。

「サーヤさんを追ってきたので、まだ話してません。……愛弓が本当に失礼なことを言って、なんとお詫びをしたらいいか。本当に申し訳ありません」

やり取りを把握しているハルカさんは深々と頭を下げ、謝罪の言葉を口にする。

「——でも、うれしかったです。サーヤさん、あなたの言葉が」

顔を上げると、彼は表情を綻ばせて言った。

「私のことを信用して、毅然とした態度を貫いてくださいましたよね。それに、私の告白を受け入れてくださろうとしていると。それは、間違いないのですよね？」

「…………」

私はおずおずとうなずいた。

ハルカさんが好き。だから、彼とお付き合いする。そう決めたのだ。彼は優しく微笑んでから立ち上がった。それから、握手をするときのように手のひらを差し出す。

「一緒に来て頂けますか。あなたがあんなに正々堂々と気持ちを打ち明けてくれたのですから、私もそうしなければ」

「……？　はい」

わけもわからず返事をして彼の手を取ると、そのまま廊下に出た。彼にエスコートされるように階段を降り、リビングに出る。

「愛弓、ちょっといいかな」

愛弓さんの姿はまだソファにあった。気だるそうに背凭れに背を預けていた彼女が、ハルカさんの呼びかけに姿勢を正し、顔を向ける。

私たちは彼女の前に立つような形で並んだ。

「今までなんども伝えてきたつもりだけど、改めて言わせてもらうよ。愛弓の気持ちはありがたいけれど、やっぱり君をそういう風には見られない」

意識的にはっきりと伝えようという意図があったのだろう。少し冷たく感じる響きに、愛弓さんが表情を引きつらせたのがわかった。

「私には今大切な人がいる。その人とお付き合いできることになったんだ。愛弓には、従妹として祝福してほしいと思っている。勝手なことを言うようだけど……わかってほしい」

「ハルカさん……」

彼は、繋いだ私の手を固く握りながら言い切った。私の指先を離すまいとする所作は、ハルカさんの決意の表れのように思えた。

「……本当、勝手だよ」

愛弓さんは長い髪をぐしゃぐしゃと掻き分けながらつぶやいた。

「――悠ちゃんのことが好きなんだから、祝福なんてできるわけない。そんな難しいこと言わないでよ」

彼女の声が震えている。その大きな瞳には涙が浮かんでいた。それでも泣いているところを見せたくないのか、彼女は人差し指の先を目尻に押し当て、涙を拭った。

「でも……悠ちゃんの気持ちがあたしに向かないことはわかってた。悠ちゃんが本気で紗彩のことが好きなのも、紗彩の気持ちが悠ちゃんに向いていることも、なにもかも……それでも悠ちゃんが好きだから、足掻けるだけ足掻きたいじゃん」

そう言うと、愛弓さんはキッと私を睨むように見つめた。

「紗彩」

「はっ、はい」

短く名前を呼ばれてつい萎縮する。怒りの爆発の予兆に思えた、次の瞬間。

「失礼なことを言ってごめんなさい」

愛弓さんが慎ましく謝ったので拍子抜けしてしまった。彼女が同じ調子で続ける。

「あたし、どうしても諦められなかったんだ。だから、わざと紗彩を傷つけるようなことをたくさん言って、悠ちゃんから遠ざけようとした」

いたずらがバレたあとの子どものような顔の愛弓さんが、小さく息を吐いた。

「悠ちゃんに好きな人がいるって聞いたとき、なにがなんでも取られなくないって思ったんだよね。それがあたしの知らないパッとしない女だって知って、なおさら取られたくないって。でも、あの言葉撤回するね」

私を見つめる彼女の表情が、少しだけ柔らかくなる。

「紗彩はとびきりいいヤツだよ。優しいし気が利くし、あたしがどんなに悪態をついてもちゃんと向き合ってくれた。濃い味付けがいいって言ったら少し濃いめにしてくれたり、寝る前にはわざわざハーブティーを淹れたりしてくれたよね。わがまま放題のあたしのことなんて放っておけばいいのに。そういうところ、すごいと思った」

ひとり相撲だと思っていたのに、私の想いは愛弓さんに伝わっていたのだ。そしてそれを、彼女が快いと感じていてくれた。彼女の言葉に、胸がじんと温かくなる。

「だから……今すぐは祝福できないけど、もう少し時間が経ったら、そうできるように頑張る」

「愛弓さん……ありがとう」

彼女のほうから歩み寄ってくれようとする心持ちがうれしい。お礼を言う私の唇が、自然と笑みの形を作る。

「別にあんたのために諦めるわけじゃないから。悠ちゃんの幸せのためなんだからね」

「はい、わかってます」

ちょっと照れた風に早口で捲し立てられて、私は声を立てて笑いながらうなずいた。

見た目は大人っぽく美人なのに、中身はあどけない少女のような人だ。

「ねえ、お腹空いちゃった。今夜でまたしばらく日本とお別れだから、うーんと盛大に送り出してよ」

「もちろんですよ、ねっ、ハルカさん」

私が彼に振ると、安堵の笑みを浮かべた彼が大きくうなずく。

「そうですね」

「っていうか、いつまで手繋いでんのよっ。ふたりとも、一応今日くらいはあたしに気ぃ遣いなさいよねっ」

愛弓さんに指摘されてようやく気が付いたけれど、私とハルカさんはしっかりと手を繋いだままだった。私が羞恥心でぱっと指先を開いたことで、彼も慌てて解いた形だ。

その夜は、私たちは珍しくお酒を飲んだりしながら食卓を囲んだ。彼女のために準備したミートローフやカラフルなコブサラダ、シーフードパエリアなど、腕によりをかけた料理を、ハルカさんはもとより愛弓さんも楽しんでくれたようだった。

第七章　あなたをもっと知りたくて。

翌日の朝、三人で簡単な食事を取ったあと、愛弓さんは一週間前と同じように大きなトランクを引き、空港へ向かった。

私もハルカさんも見送りに行くと言ったのに、彼女がそれを固辞した。「お付き合いして初めての休日なんだから、ふたりでゆっくりしてなさい」と気を遣ってくれたのだ。仲良くなれば、彼女は結構いい子なのかもしれない。

「行っちゃいましたね……」

彼女を迎え入れた日と同じ、白いノースリーブのセットアップを着た背中を見送ったあと、私はリビングのソファに腰を下ろして言った。すぐとなりにハルカさんがやってくる。

「そうですね。サーヤさん、朝から愛弓のためにご苦労様でした」

「いえ、これくらい全然」

今朝は早起きをして、愛弓さんのためにお弁当を作った。夏で傷みやすいし、わざわざ用意しなくてもよかったのかもしれないけれど、彼女への餞別としてなにか渡したかったのだ。中身はおにぎりと玉子焼き、昨日の残りのミートローフ、ブロッコリーとコーンの和え物、ミニトマト。至って素朴な中身だ。渡したときに「辛口の感想をメッセージアプリで送るね」と言ってくれたので、内容が楽しみだ。

「……なんだか、彼女がいないと寂しい気もします」

「私は、静かになってホッとしましたよ」

私の言葉にハルカさんが苦笑する。

「それに、これでやっとサーヤさんとふたりきりの時間が戻ってくるわけですしね」

「……はい」

──そう。またハルカさんと私、ふたりきりの生活が始まる。

でもこれまでとは違う。今やハルカさんと私はお付き合いをしているのだ。彼氏と彼女。きっと、日々の過ごし方だって変わってくるはず。

「サーヤさん、今、私のこと意識してます？」

「っ……」

私の顔を覗き込んだ彼にズバリと心を読まれて、言葉に詰まってしまった。そのリアクションを受け、彼がおかしそうに笑う。

「やっぱり。サーヤさんって思ってることが結構顔に出ますよね」

「す、すみません……」

「謝る必要はないですよ。そういうところ、すごくかわいいです」

前から思っていたけれど、ハルカさんって照れるような台詞を臆することなくはっきり言えちゃう人だ。今までそういう台詞を多く口にしてきたから慣れているってことなのだろうか。こんな風に、じっと見つめられて胸を高鳴らせているのは私だけ？

「……私も、あなたとふたりきりだって思ったら……すごくドキドキしてきました」

脳内での問いに対する答えは、彼本人から返ってきた。彼が自分で申告したように、いつも穏やかなその表情に微かな緊張が見える。

「ハルカさん……」

「キス、しても……いいですか？」

お付き合いをしていれば、いつかは訪れるだろうと思った瞬間。まさかこんなに早いとは思わずに、心の準備ができていないけれど。

微かにうなずくと、彼が私の片手を取った。それから、その片手や私の背中をソファの背凭れに押し付けるように覆い被さると、彼の唇がゆっくりと近づいてくる。

鼻先がぶつからないように、角度を変えて唇同士が重なった。一度、二度、感触を味わうみたいに触れ合い、三度目のときに彼の唇がちゅっと音を立てて吸い付いてくる。柔らかくてぷにぷにで、気持ちいい。

どうしよう。心臓が爆発しそう。触れ合う音と感触とが、どんどん気持ちを高ぶらせていく。

「サーヤさん、こっち見て」

微かに離れたとき、彼が囁きながらそう促した。

「やぁっ……恥ずかしい、です」

久しぶりの感触に戸惑い、私はぎゅっと目を瞑ったままだった。目を開けてどんな顔をしていいのかわからない。抵抗するように、目を閉じたまま小さく首を横に振る。

「そうやって恥ずかしがるところ……本当に堪らないですよ。かわいいです」

「んっ……」

表情は窺えないけれど、声が興奮を帯びているのはわかった。それを裏付けるみたいに、彼は再度唇を重ねてくる。今度は、ちゅっ、ちゅっ、とわざと音を立てるように啄んだり、食んだりする。

そのうち、薄く開いた隙間から舌先を差し入れられ、まさぐられる。彼の舌先が縮こまっている私のそれを見つけて掬いあげようとすると、擦り合わされる感触に背中がぞくぞくした。

唇を解放されるころには、頭のなかがとろとろに蕩けてしまいそうだった。ぼんやりとしたままゆっくりと瞳を開けると、焦燥に駆られたハルカさんの顔が映る。

「――そんな顔しないでください。せっかく自制を利かせているんですから」

「自制、ですか？」

「あなたのことは大事にしたいんです。このままなし崩し的に自分のものにしたくない。この意味、わかりますよね？」

「……は、はい」

彼の言葉の意を汲んだ私は、蚊の鳴くような声でうなずいた。恥ずかしさで、顔から火が噴き出そうだ。

でも、ハルカさんが私のことを真剣に考えてくれているのだということが伝わってきてうれしい。

「だから今日はここまでにしておきますね。……ところでサーヤさん。今日は休みなので、よかったら外へ出かけませんか？　愛弓のことでたくさんお世話になったので、なにかご馳走させてください」

「えっ、いいんですか？」

「はい、是非。それに、せっかくたくさん時間ができたんですから、デートしたいなと思いまして」

「ありがとうございますっ」

ハルカさんと外出なんて初めてで、すごく楽しみだ。いったい、どんなところに連れて行ってくれるんだろう。

「出発はランチに合わせてにしましょうか」

「はいっ、じゃあ私、早速支度してきますね」

スマホで時間を確認すると、まだ九時すぎだったけれど、私は思いがけない提案にうきうきして、じっとしていられなくなってしまった。気が早すぎるとは思いつつ、ハルカさんとのお出かけならば準備の時間だって楽しめる。私は彼にそう言ってから、二階の自室へ向かった。

——今日はとっても素敵な一日になりそうだ。そんな予感がした。

◆◇◆

週が明け、愛弓さんのいないころの生活を思い出してきた水曜日の朝。

出勤するハルカさんを見送ったあと、朝食の後片付けをしながら、私は週末のデートのことを思い出していた。

ランチは都心のランドマーク的な大型商業施設のなかに入っている、ラグジュアリーなホテルのアフタヌーンティー。サンドイッチやカナッペなどの軽食や、スコーン、スイーツなどを頂いた。時季柄、ピーチフェアということで白桃や黄桃を使ったものが多かった気がする。かわいらしくておいしいものを少しずつ、様々な種類を味わえるのはうれしいものだ。

あまりにたくさん出てくるものだから、最後のほうは手を付けずに残してしまったものもあるくらいだったけれど、フレッシュなフルーツをふんだんに使ったフルーツティーとともに堪能した。

その後は同じ大型商業施設のなかをウインドウショッピング。テナントがほぼハイブランドだったので、そこを歩くだけでも少し緊張した。相手がハルカさんのようなイケメンさんともなると余計にだ。

たまたま通りかかったショップで、マネキンが着ていたワンピースを「かわいい」と褒めると、彼がさらっと「着てみたら?」と言った。肩の部分にボリュームがあって膝下丈の、清楚な水色のワンピース。普段なら絶対に着る機会のない服だから、着てみるだけならと試着室で着させてもらった。それをハルカさんが甚く気に入ってくれたらしく、即座に会計を済ませ、そのままプレゼントしてくれた。

ハイブランドということもあり目を疑うような金額だったし、そもそも買ってもらうつもりはなかったので「受け取れません」と辞退したけれど、彼はまったく折れる気配を見せず、根負けした私はありがたく頂戴することにした。「その代わり、今度のデートでまたこれを着てきてほしいです」とのことだったのでそう約束したけれど、洋服をプレゼントしてもらった上に次回のデートの確約まで頂けたわけだから、私にとってはただただ感謝しかない状態だったのは言うまでもない。

素敵なワンピースで彼のとなりを歩いていると、ほんの少しだけ彼との釣り合いが取れたような気持ちになった。心を弾ませながらいろんなお店を見て回ったあと、夕食はタクシーで彼の行きつけだというお寿司屋さんに連れて行ってもらった。

カウンターで頂くお寿司屋さんというのは、恥ずかしながら初めてだった。新鮮でキラキラしたネタのお寿司は、いつも食べているそれとはまったく別物で、「おいしいです」を連発してしまい、ハルカさんに笑われてしまったっけ。

……まるで夢かと思うようなデートだった。こんなデートができたら、と一度は想像したことがあるけれど、きっと自分には無縁だろうと頭のなかから打ち消してしまうような。まさか自分の身に現実として起こるとは、考えてもみなかった。

日曜日のことを時折思い出しては、よろこびに浸ってしまっている。いけない、いけない。ぼーっとしちゃ。食事の片付けが終わったら、次は洗濯だ。私は手早く洗い物を済ませ、ランドリールームへ向かった。

洗濯機にハルカさんの洗濯物や洗剤類をセットして、スイッチを押した。

――それにしても、これからも引き続き彼のお世話ができるようになって、本当によかった。

運転を始める洗濯機を見つめながら、心の底からそう思う。

本来であれば、次の週末をもって小牧さんが復帰し、私の役目は終わるはずだったけれど、状況が変わった。小牧さんがしばらくの間休暇が欲しいと言ってきたのだ。

ご主人の状態がよくないのかと不安になったけれど、そうではないらしい。

彼女は今までずっと働き通しで、「仕事が中心」、「夫婦の間は付かず離れずがちょうどいい」と考えていたそうだけれど、この一ヶ月、ゆっくりご主人と話す機会ができたことで、「もっと夫婦間のコミュニケーションを増やすべき」と、心境に変化があったようだ。

ハルカさんに申し訳ないと恐縮していたけれど、私が引き続き家事を担うと知って安心してくれたようだ。もしかしたら、彼女は私とハルカさんの関係に気が付いたのかもしれない。だって、ハルカさんを通して「悠大さんのこと、いろんな意味でよろしくお願いしますね」なんて妙に含みのある言付けをくれたのだから。

家事手伝いの継続に伴い、このままお家にも置いてもらえることになった。

「通いにする時間がもったいないよ」とハルカさんに言われて、確かにそうだなと思ったのだけど、住み込みに決めた本当の理由は、お互いに一分一秒でも長く一緒にいたいからだ。ふたりの時間は、多いに越したことはない。

お家についてはありがたくお世話になるとして、生活基盤をハルカさんに頼りっぱなしでは申し訳なさすぎる。家事は私の担当として、経済力をつけるためになにかしらの仕事は探すべきだと思い、この辺りの就職情報を集め始めているところだ。

さて、いつものように洗濯が終わるまでフロアワイパーをかける時間にしよう。そう思ってキャビネットへ足を運ぼうとしたとき、自身のスカートのポケットに入れていたスマホから軽快な電子音が聞こえた。この音は着信だ。

誰だろうと画面を見て確認してみる。……ハルカさんだ。

「はい、もしもし」

「あ、すみません、サーヤさん。今、お忙しいですか?」

「いえ、特には……。それよりどうかしましたか、お電話なんて」

洗濯・掃除のルーティンはいつも通りに運んでいるから問題ないとして、彼がわざわざ電話をよこしたことが気になった。

「本当に申し訳ないのですが、あなたに頼みごとをしてもよろしいでしょうか？」

「はい、もちろん。私にできることであれば」

「ありがとうございます。そうしましたら、三階の私の部屋に行ってもらえますか」

「ハルカさんの部屋ですか？」

自分でも少し大きな声が出てしまったのがわかった。

ハルカさんの部屋。実は河岡邸のなかで唯一、私が足を踏み入れたことのない場所なのだ。その部屋に関しては小牧さんからも掃除をしなくていいと言われていたから、扉を開けて覗いたことすらなかった。

「……構いませんけど、ご本人がいないところを入ってもいいんですか？」

「はい。私の部屋に入ってもらわないと、頼めないことなので」

わざわざ掃除をしなくていいと言うくらいなのだから、他人を近づけたくないのではと思って訊ねたのだけれど、そういう感じではなさそうだ。

「わかりました、少し待ってくださいね。移動します」

私は通話をしながら廊下に出ると、階段を上って三階に移動した。三階にはハルカさんの部屋の他に空き部屋が二つあるけれど、いずれも物置のような扱いになっており、毎日ではないにしても定期的に掃除を行っている。

「入りますね」

電話ごしの彼に断りを入れてから、目の前の扉を開けた。

扉の先には十五畳くらいの広々としたスペースが広がっている。向かって奥にはキングサイズと思しき存在感のある大きなベッド、その脇にナイトテーブル。手前側にワーキングデスクとチェアがあり。その脇に引き出し式の本棚が並べられている。他に間接照明や小ぶりのチェストなどがあるけれど、広さの割りに、ものが少ない印象だ。

「机の上に、紙袋が置いてありませんか」

ワーキングデスクの上に視線を向けると、ハルカさんの言う通り、しっかりした作りの茶色い紙袋が置かれていた。

「はい、ありました」

「それで、大変申し上げにくいんですが……もしお時間が許すようなら、今すぐこれを私に届けてほしいのです。今日はなかなか、身動きが取りづらくて」

「ハルカさんに——会社に、ってことですよね？」

「はい。……お願いできますか？」

ハルカさんがわざわざこうして頼んでくるのだから、大事なものなのだろう。ならば、断る理由はない。

「承知しました、今すぐ行きます」

「ありがとうございます。会社の住所は——そうだ、以前名刺をお渡ししましたよね」

河岡邸にやってきた日、確かにハルカさんから名刺を渡されていた。あれは財布のなかにしまってあるはずだ。

「それに書いてある場所でいいんですね」

「そうですね。もし迷われたら連絡をください」

「はい。では、後ほど」

私は通話を切ると、改めて部屋のなかを見渡した。ファニチャーはブラックやグレーの類で纏められていて、クールで落ち着きのあるハルカさんのイメージそのものだ。

彼の寝室に入る正当な口実なんて滅多にないものだから、つい冒険心が湧いてしまう。私は、今度は広々としたベッドに腰を下ろした。それから図々しくもシーツに顔を埋めてみると、微かにハルカさんの匂いがしてドキドキする。

薄いグレーの、コットン地のシーツに改めて触れてみる。ハルカさんは毎日ここで寝てるんだ。彼もこのシーツに顔を埋めることがあるのだろうか。

想像すればするほど、このシーツが貴重なものに思えてきて、心臓の音がさらに忙しくなる。

ハルカさんについては、まだまだ知らないことのほうが多い。もっと、もっと知りたい。ハルカさんにも私のことを、もっと、もっと知ってほしい。

まるで彼に抱きしめられているような錯覚に陥りながら、胸いっぱいに彼の香りを吸い込んで――はっと我に返った。

ハルカさんの残り香で、彼に思いを巡らせている場合じゃない。私は起き上がると、ワーキングデスクの上に置かれていた紙袋を回収して部屋を出た。急いでいるようだから、早く届けに行かなくちゃ。

私は紙袋とともに一階に下りると、洗濯機を乾燥までのフルコースの設定に変えてから、軽く身支度を整え、家を出た。

名刺に書かれていた会社の住所は、河岡邸の最寄り駅である地下鉄駅から二駅先のオフィス街のなかにあるようだ。今回はなるべく早く届けるためと、迷わないようにするためとでタクシーで行くことにした。

駅前で捕まえたタクシーは、十分程度でオフィス街の中心にある二十五階建てのビルの前に到着した。大手生命保険会社の名前を冠したそのビルに入っているテナントの一覧を見てみると、私でも一度は耳にしたことのある企業ばかりだ。

ビルに出入りしている人たちは、男女ともにスーツ姿の人たちばかり。いかにも仕事をバリバリこなしそうな雰囲気が漂っている。

急いでいたから、普段通りのラフなワンピースで来てしまったことを激しく後悔する。同じワンピースなら、ついこの間ハルカさんに買ってもらったアレを着てくるべきだった。場にそぐわないように思え、急激に自分の格好が恥ずかしくなった。

ビルの中に入り、ロビーでエレベーターを呼ぶ。

エレベーターは全部で六基。ハルカさんの会社であるリバーヒルズプランニング株式会社は二十階にある。昇降機に乗り込み上昇しながら、大きく息を吐いた。

お家もかなり立派だったけれど——こんな立派なビルに会社を構えられるなんて。今さらだけど、ハルカさんってやっぱりすごい人なんだな。

普通にこれまでどおりの生活をしていたら、彼のように華やかな生活を送っている人とは一生縁がなかったに違いない。それが、ゲームを通してこんな風に繋がる機会があるとは、人生ってなにがあるかわからないものだ。

しかも、その人は今や私の彼氏だなんて。河岡邸を訪ねる前の私が知っても、ドッキリだと思って絶対に信じないだろう。

二十階に到着して昇降機から降りると会社のエントランスに出た。清潔感のある白いソファとローテーブルが設置されており、待合スペースも兼ねているらしい。爽やかでゆったりとしたモデルルームみたいな空間なのが印象的だ。

社名と企業ロゴが入った看板の真下に、インターホンが設置されている。『御用の方は以下の内線番号をプッシュしてください』とあったので、社長室に繋がる番号を探し、早速押してみる。

「はい、社長室です」

てっきりハルカさんに繋がると思っていたのだけど、応答してくれたのは知らない男性の声だ。

「すみません、森崎と申しますが……河岡社長に頼まれたものをお持ちしました」

「社長から伺っております。少々お待ちください」

指示通りその場で待機していると、エントランスの向こうからスーツ姿の男性がやってきた。アップバングのツーブロックヘアが若々しく、こなれている感じがする。

「森崎さまですよね。初めまして、専務の日高と申します」

彼は人懐っこい少年のような微笑みを浮かべて頭を下げた。

「はっ、初めまして……」

恐縮しながら挨拶を返した。日高さんという名前には聞き覚えがある。自宅でハルカさんが仕事の電話をしているとき、大抵相手は彼であるように思う。

彼は一重のつぶらな瞳でじっと私を見ると、すまなそうに眉を下げた。

「申し訳ございません、ただいま社長は会議中ですので、代わりに私が対応させて頂きます。こちらへどうぞ」

日高さんはそう言い、エントランスの奥へと私を促した。

「あっ、あの……こちらをお渡しするだけなのですが」

お仕事が立て込んでいるのならすぐに失礼しようと思い紙袋を掲げたけれど、日高さんは最初と同じ微笑を浮かべた。

「社長より、社長室にお通しするようにと承っております。お急ぎでしたか？」

「い、いえ……では、お邪魔します」

私は日高さんに連れられて、フロアの一番奥にある扉のなかに通された。

漆黒のプレジデントデスクと、同色の革張りの応接用ソファとテーブルのセット並んだ部屋。ここが社長室らしい。向こう側の壁一面が窓になっていて、とても明るい。二十階なら夜には夜景が楽しめそうだ。

「どうぞおかけください」

「失礼します」

日高さんに一礼してからぎこちなくソファに座り、つい室内を見回した。

社長室ってこんな感じなんだ。こんな場所、入る機会がないから浮足立ってしまう。

「なにか気になるものでもございましたか？」

まるでおのぼりさんのような所作に、向かい側のソファに座った日高さんが苦笑して訊ねる。

「あっ、すみません。きょろきょろして失礼でしたよね」

「いえいえ、とんでもない」

私が慣れない場所に緊張しているのを察した日高さんが、その緊張を解そうと、いろいろな話をしてくれた。

ハルカさんと日高さんが大学時代の先輩後輩の関係であること。ハルカさんが海外に留学していたときの仲間と起業するときに、日高さんを誘ったこと。プライベートでもたまに食事をしたり飲みに行ったりする仲であること。

口調は丁寧さを崩さないまま、それらをユーモアたっぷりに教えてくれる。

「あの、森崎さま。つかぬことをお伺いしますが」

その途中、日高さんが内緒話をするみたいに、わずかに声を潜めた。

「森崎さまは社長とどういったご関係なんでしょうか。……もしかして、ご婚約者さまですかね？」

「えっ……あ……」

まさかそんな踏み込んだことを聞かれるとは思わず油断していた私は、答えに困ってしまう。

「社長がこの部屋にプライベートで繋がっている女性のゲストを招き入れたのは初めてで……だからちょっと気になりまして」

「そ、そうなんですか……」

暗に自分が特別な存在であると告げられた気がして心が弾むけれど、婚約者かという問いには首を傾げてしまう。

まだお付き合いを始めて間もないこともあり、彼との間に結婚を意識するような話題が出るはずもなかった。

「えっと、どうなんでしょう。その……お付き合いはさせて頂いていますけど……」

私は結局、そうやんわりと答えるだけに留めた。

個人的には、この先も彼と一緒に歩んでいけたらいいとは思うけれど、こればっかりはどうなるかわからない。この世に運命というものがあるのなら、それに身を委ねるしかないのかもしれない。

付き合っているとの言質を取ると、日高さんは口を大きく開けて笑った。白くこぼれる歯列のなかに八重歯が覗いている。

「やっぱりそうでしたか。仕事の鬼みたいな人なので、あまりに女性っ気がなくて心配していたのですが……森崎さまのような方がいらっしゃるのなら安心ですね」

「仕事の鬼、ですか」

「はい。放っておけば日がな一日仕事ばっかりしてる人なんですよ。ここ一年くらいは会食の予定がない日は定時に帰るようになりましたけど、それ以前はまあ酷くて」

そうだったんだ。知らなかった。ハルカさんは用事がなければいつもだいたい十九時前後には帰宅するので、ちっともそんなイメージがない。夕食が終われば、『FU』になるし……。

「だから、なにかきっかけがあったのかな、と。家に帰りたくなるような」

言いながら、日高さんは私の反応を探るような視線を向けてきた。

一年前といえば、私とハルカさんが『ＦＵ』で出会ったころだ。彼はきっと、ハルカさんが早く家に帰るようになった原因が私にあると言いたいのだろう。

「……な、なるほど」

もし私と遊びたいがために早く帰ってくれるようになったのなら、うれしいけれど……これぱっかりは、ハルカさん本人に聞いてみないとわからない。

日高さんの隠れた意図に気が付かないふりをしてうなずいたとき、社長室の扉が開いた。会議を終えたハルカさんが戻ってきたのだ。その手にはスマホが握られている。

「――お待たせしました。サーヤさん、ありがとうございます」

ハルカさんはスマホを胸ポケットにしまいながら私の顔を見ると、ふっと表情を和らげてくれる。

「いえ、大丈夫です」

首を横に振りながら立ち上がると、ハルカさんが同じタイミングで腰を上げた日高さんにも視線を向ける。

「日高も、ありがとう」

「いいえ。お話しできて私もよかったです。……不躾な質問、失礼いたしました。それでは森崎さま、ごゆっくり」

恭しく一礼し日高さんが退室すると、ハルカさんが私の傍までやってくる。

「不躾って？」

「あっ、いえ……その、いろいろと……お話しさせて頂いたんです。親切でいい方ですね、日高さんって」

彼に聞かれた内容をそのままハルカさんに伝えるのは気まずくて、あえて曖昧に暈すことにするけれど、嘘が苦手な私は後半になるにつれて早口に巻くしたててしまう。

「そうですか」

すると、妙にテンションの下がった声でハルカさんがつぶやいた。口元に手を当て、考え込むみたいに難しい顔をする。

「……ハルカさん？」

なんだか様子が変だ。名前を呼んでみても反応がない。

彼はちょっと苛立たしげに髪を掻くと、ソファから立ち上がり、窓際に向かって歩いていく。

「どうしたんですか？」

反射的に立ち上がり、彼のあとを追った。大きな窓の向こうに映し出されるビル群と向き合う彼の背中に問いかける。

「……もしかして日高のヤツ、新婚のくせにサーヤさんを口説いたりしましたか？」

「えっ！　違いますよっ」

なんでそんな話になっているのか。私は小さく叫んだ。

「サーヤさんがしどろもどろになるのは、隠したいことがあるときです。私に知られたくない内容があるとして、真っ先に思い浮かぶのはそういうことかと」

えっ、じゃあ急に不機嫌になったように見えたのは……ハルカさんが日高さんに嫉妬したからってこと？

「違います、違います。そういうんじゃないですから、本当に。日高さんからは、ただ私とハルカさんの関係を聞かれただけです。婚約者ですかって」

誤解を解かなければという必死な思いが届いたのか、ゆっくりと振り返ったハルカさんの表情から、さきほど見えた苛立ちが引いたような気がする。

「そうなんですか？　……すみません、早とちりしてしまったみたいで」

「い、いいえ。わかってもらえれば大丈夫なんですけど」

日高さんの名誉のためにも、曲解を覆すことができてよかった。

とはいえびっくりした。いつも穏やかで落ち着いていて、余裕たっぷりのハルカさんだけど……ヤキモチを妬いたりするんだ。意外。

「婚約者かどうかを聞かれて、それで、なんて答えたんですか？」

「それは……えっと、お付き合いしてます、とだけ」

発言してしまってから、婚約者のくだりはわざわざ言わなくてもよかったと気付いたけれど、後の祭りだった。正解はこれしかないように思われたのだけど、拙かっただろうか。

「……サーヤさんが婚約者ならどんなにいいでしょうね」

「えっ？」

静かにそう言うと、彼の指先が私の顎にそっと触れた。そして、上体を屈めるようにして引き寄せ、キスをする。

私の唇を食み、両手を私の肩に滑らせたあと、くるりと身体を反転させて防音の利いた分厚い窓に私の背を押し付けた。

「んっ――は、ハルカさんっ……」

顎を引き、ほんの少し生じた唇の隙間から声をもらすと、私はいやいやをするように首を横に振った。

「だめです、誰か来ちゃいますよ……それにここ、窓際っ……見えちゃいますっ」

背中は一面透明なガラスだ。私とハルカさんが唇を重ねている姿が丸見えになってしまう。

「ここはしばらく人払いしているんで問題ありません。それに、この高さですから気にしなくても大丈夫ですよ」

気を揉む私に対し、彼はどこ吹く風といった反応だった。涼しい顔で私に前を向くように促すと額に、頬に、唇を押し当ててくる。

ハルカさんはたまに、こんな風に強引になるときがある。でも、決して嫌な感じはしない。普段が優しく包容力があり、甘やかしてくれる分、こんな風に余裕なく求められるのは愛されている感じがして、むしろよろこばしいことなのかもしれない。

まぁでも、彼の言う通り地上からこれだけ高さがあれば大丈夫なのだろうか。向かい側も高層ビルだけれど、窓はぴっちり閉めてあるし、反射してなにも見えないかも。

もし誰かに見られる可能性があるとしたら——

「……そうですね、忍者でもない限り無理ですよね」

「っ……」

なにげなく私がつぶやくと、彼はぴたりと静止したあと身体を引き、声を殺して笑い出した。

「わっ、私、なにか変なこと言いました？」

「──ごめんなさい、その発想はなかったので、想像したら面白くてつい」

ひとしきり笑ったあと、彼が眦に浮かんだ涙を指先で拭いながら言った。緊張感のあるムードが一気に緩んでいくのがわかる。

「そういえば、肝心なものをまだ受け取っていませんでしたね」

「あっ、そうでした」

私は駆け足でソファまで戻ると、脇に置いていた例の茶色い紙袋を手に取り、彼に差し出した。

「これですよね」

「そうです、そうです。助かりましたよ。忘れないように準備はしていたんですが」

彼は両手で受け取りながら、早速中身を取り出した。手のひらより一回り大きいサイズのなにかは、丁寧に包装されている。

「これ、中身はなんですか？」

「このあとの打ち合わせにいらっしゃる『メロースイーツカンパニー』さんのネクタイです」

『メロースイーツカンパニー』とは、全国チェーンの洋菓子店だ。メロリンというロールケーキをモチーフにしたキャラクターが人気で、店舗の看板になっている。

ハルカさんは包装を解き、それまでしていたネイビーのネクタイを、一面メロリンのプリント柄があしらわれた賑やかなネクタイに付け替えながら、これが『メロースイーツカンパニー』の三十周年記念パーティーのときに配られた非売品であることを教えてくれた。なんでも、クリスマスシーズンに『メロースイーツカンパニー』と『リバーヒルズカフェ』のコラボ企画があるらしい。

なるほど、ハルカさんはこのネクタイを締めて打ち合わせに臨もうということのようだ。確かに、自社の記念グッズを身に着けている相手を悪くは思わないだろう。

「これがあるのとないのでは、空気感がだいぶ変わってきますので。サーヤさんに持ってきてもらえて本当によかったですよ」

「お役に立てたならなによりです」

間接的に彼の仕事を手助けできたのであれば本望だ。

そのとき、彼の胸ポケットから着信を告げる電子音が鳴った。

「ちょっとすみません」

彼が私に短く断りを入れて応答する。

「──はい、河岡です。……はい、はい……お世話になっています」

会話の内容から、社外の人からであるのがわかる。何往復か言葉の応酬を繰り返して通話を終えると、すぐに別の電話が掛かってきた。

「はい、河岡です。……ああ、その件だけど……やっぱりA案で進めたいと思っていて——」

今度は社内の人だろうか。普段からこんな感じで忙しいのかな。そういえば、この部屋に入ってきたときもスマホを操作していたみたいだった。

お休みの日ですら結構な回数の電話が来ていることを思い出し、彼の忙しさが垣間見えた気がした。ずっとこれでは、誰となにを話したか忘れてしまいそうだ。

「もうすぐ打ち合わせもあるんですよね。私、そろそろ失礼しますね」

ハルカさんの通話が終わった頃合いを見計らって、私は帰宅することにした。

「もう少しゆっくりできるかと思ったのですが、すみません。落ち着かなくて」

「いいえ、お仕事中なんですから当たり前ですよ。……ハルカさんの職場や、お仕事している ところを少しだけ覗くことができて、うれしかったです」

家では知ることができないハルカさんの姿を見ることができただけでも、私にとっては大きな収穫だった。私は気にしないでと示すように首を横に振って、扉まで進むと、レバーハンドルに手をかけて振り返る。

「では、お家で待ってますね」

「はい、お気を付けて」

ハルカさんに見送られ、私は社長室を出たのだった。

◆◇◆

その日の夕食後。片付けとお風呂などを済ませ、普段通りであればゲームを始めようという時間に、ハルカさんは「話がある」と言って、私を自分の部屋に招いた。

しばらく入る機会はないだろうと思っていた彼の部屋を、こんなに早く再訪することになるとは思ってもみなかった。彼に促されて大きなベッドに腰かける。

「ハルカさん、お話って……？」

「昼間の話、中途半端に終わってしまったので」

……なんだろう。なにか途中になっていた話があっただろうか。思い出してみるけれど、私の頭には浮かんでこない。

「……すみません、なんのお話でしたっけ？」

私が素直に訊ねると、となりにかけた彼が表情を引き締めてから口を開いた。

「サーヤさん、これから先は、あなたの正直な気持ちを聞かせてください」

「は、はいっ」

ハルカさんの改まった口調に、私も自然と背筋が伸びる。

「私はあなたのことが好きです。まだ日は浅いですが、真剣にお付き合いしているつもりでいます」

「はい。私もそのつもりです」

お互いの視線が真摯に交わり、うなずきを落とす。

「あなたに自分の気持ちを伝えるときにも申し上げましたが、これから先、あなた以上の女性に出会えるとは思っていません。それくらい、私の心はあなたに奪われています。……少し気が早いと思われるかもしれませんが、あなたと結婚したいと思っています」

「あっ……」

昼間の話がなにを示していたのかが、ここでやっとわかった。

『…サーヤさんが婚約者ならどんなにいいでしょうね』

彼は確かに、そう口にしていたのだ。

「でもこういう問題は、私ひとりの想いだけでは進められません。サーヤさんには私の気持ちを受け止めてもらったばかりで、これ以上急かしてはいけないこともわかっているのですが……あなたを愛しいと思う気持ちがセーブできずに、先走ってしまうんです。我を忘れるほど誰かを好きになるなんて初めてで、自分でも戸惑っているくらいですよ」

彫刻のような美しい顔が、怖いくらいに真剣に私を見つめている。彼は、ひとつ呼吸をしてから言った。

「だから、サーヤさんの率直な気持ちを聞かせてもらえませんか」

「私の気持ち……」

つぶやきながら自問する。私はどうしたいのだろう。

ハルカさんは自分自身の嘘偽りない気持ちをきちんと伝えてくれた。ならば、私も同じように誠意をもって伝えなければ。そう思い、静かに目を閉じてみる。

「……正直、この先ハルカさんと上手くいかなくなっちゃうんじゃないかって不安になるときもあります。それはもちろん、元カレのことも影響しているんですけど」

私はそこで目を開けて、私の言葉の続きを待つ彼の顔を見つめた。

「でも、不安になるのは今が幸せ過ぎるからだと思うんです。今この瞬間が満たされ過ぎているから、失うのが怖くなる。……ハルカさんを失いたくない。そう強く思っています」

ハルカさんを失いたくない。それが今の私の心からの思いだった。

淡い好意から始まった恋心は、彼のことを知るたびに募っていく一方だ。ハルカさんが好き。もっと一緒にいたいし、まだまだ知らない彼の一面を余すことなく知っていきたい。

「ハルカさんとずっと一緒にいることができるなら、私……ハルカさんと結婚したいです。今すぐというのはやっぱりちょっと急なので、結婚を視野に入れたお付き合いをしていきたいなって……そう、思います」

「……サーヤさん」

私の言葉を聞き届けると、彼は私の身体を掻き抱いた。私はそうすることが自然であるように、彼の背中に腕を回す。

「ありがとうございます。うれしいですよ、すごく」

「中途半端な答えになってしまってすみません。本当は、今すぐ結論を出すべきなのでしょうけれど……」

彼の首元に顔を埋めながら言う。さっきの彼の言葉はプロポーズに等しいものだった。であれば、ストレートに「はい」と返事をしたいところだったのに。

「いいえ、そんなことありませんよ。素直な気持ちを伝えながらも、私の想いに寄り添ってくれたということですよね」

ハルカさんは私の意思を汲んでくれたみたいだ。私が小さくうなずく。

「……恥ずかしいくらいの心臓の音、聞こえますか。サーヤさんが傍にいるだけで、すごくドキドキするんです」

お互いのパジャマ越しではあるけれど、抱き合っていると彼の左胸が強く鼓動を打っているのがわかる。きっと私の左胸も同じリズムを刻んでいるのだろう。

「これ以上触れていたら、理性が飛んでしまいそうです。……下に行って、ゲームでもしましょうか」

彼は私の両肩を支えながらゆっくりと身体を離した。高ぶりに濡れた瞳は、彼のなかに葛藤が生じていることを暗に告げている。そして、なんとか理性を保たせようとしていることも。

「……サーヤさん？」

私はもう一度彼の背中に手を回した。そして、彼の耳元で勇気を振り絞って囁く。

「理性、飛んじゃってもいいですっ……」

ハルカさんが息を呑んだのがわかった。大胆な言葉に驚いているのかもしれない。

「すみません、自分からこんなこと言うの、すごく恥ずかしいし、はしたないって思うんですけど……でもハルカさんが私のことをとても大切にしてくれているのがわかるので、私から言わなきゃって思うんです」

引かれたり、軽蔑されたりしないだろうかという恐れは生じたけれど、止められなかった。だって、私自身も彼の温もりを求めているのだから。

「ハルカさんのすべてを知りたい……心も、身体も……あなたのすべてを」

行き場をなくしていたハルカさんの両手が、私の身体を力強く抱きしめる。

そして、甘く優しい声音でこう言った。

「そんなかわいいお願いをされたら、聞かないわけにはいきませんよ。……本当に構わないですか？」

「……はい」

迷いはまったくなかった。ハルカさんになら構わない。

「私もサーヤさんのすべてを知りたいです。愛していますよ」

ハルカさんの片手が私の頬に触れる。彼を仰ぐように睫毛の長い瞳を見つめたあと、どちらともなく瞳を閉じ、口付けを交わした。

ベッドにゆっくりと押し倒されたあと、そっと瞳を開け、部屋の明かりに翳る彼の顔を見上げる。

――いよいよ、彼とひとつになるんだ。私は強い期待感とともに、幸せなひとときに身を任せたのだった。

■□■

目を覚ましたのは、暑さのせいだった。

でもそれはここ数日続いている熱帯夜のせいではない。九月に入り、季節は秋へと着実に向かっているのに、朝も夜もちっとも気温が下がる気配を見せないけれど、それでもエアコンを控えめに利かせることで解消できている。

身体の熱を放出するように、胸まで掛かっていたシーツを剥いだ。原因はもっと別。自分にとってよろこばしいものであることを思い出す。

間接照明だけが点る室内は、暗さに目が慣れさえすれば意外と細かい部分まで見渡すことができる。なので、眠るときには必ず間接照明を非常灯代わりに使っている。

幾度か瞬きをしてから、右腕から伝わる体温に意識を注いだ。

その腕を枕代わりに、サーヤはすやすやと安らかな寝息を立てている。まったく起きそうにないところをみると、深い眠りに落ちているらしい。

それもそうだ。枕元の時計で時刻を確認すると午前三時。ちょうど夜と朝の狭間だ。彼女の、毛先に少しだけ癖のある髪を手櫛でそっと梳かしながら、かわいらしい寝顔を眺める。

狂おしいほどに誰かを愛しいと思う気持ちを、サーヤに教えてもらった。おかげで、まるでその行為を初めて覚えたころのように際限なく彼女を求めてしまって不甲斐ない。もしかしたら、彼女がスイッチが切れたように眠りこけているのはそのせいなのかもしれない。

無理を強いてしまったのであれば申し訳ないが、もとはといえば日高が疑わしいことを言い残して去っていったのが悪い。

サーヤは知らないだろうけれど、あの日高伸哉《のぶや》という男は、大学時代から筋金入りの女好きだった。今はようやく年貢を納めたものの、トレードマークの八重歯をちらりと見せ、少年っぽさが残る笑顔を武器に、当時は「女性に会ったら口説かなければ失礼」とばかりに、片っ端から声をかけるようなヤツだったのだ。

サーヤは婚約者かどうかを訊ねられて困ってしまったから、日高との会話の内容を曖昧にしていたようだけれど、ついそのころの記憶が蘇って疑ってしまった。内心、日高にもサーヤにも悪いことをしたと反省している。

結果的には、日高のその発言のおかげでサーヤとも未来を見据えた話をすることができたから、よかったのだと思う。それに、こうして彼女を一番近くで感じることができている。

……なんだか、日高には感謝しなくてはいけないような気になってきた。今日の昼にでも、時間が合うようならランチくらいはご馳走してやろう。

サーヤの髪はサラサラと指通りがよく、ふわりと甘い香りがする。その感触を味わうように幾度も指を往復させてから、改めて彼女について思いを巡らせる。

大学を卒業してすぐに男と同棲し、その男と一緒にいるために仕事を辞めたと聞いていたから、感覚的に生きているタイプなのかと思っていた。

でも違った。サーヤは思っているよりもずっと慎み深く真面目な女性だ。働くことが好きで、我が家の家事の他にさらに外での仕事を探そうとしている。

ならば今後、家事を仕事として請け負ってくれないかと持ちかけたけど、却下された。理由は、「ハルカさんとお付き合いを始めた今、好きな人のための家事を仕事にはしたくないから」。

彼女らしい答えだと思う反面、新たに仕事を始めたあとではいよいよ負担になってしまうのではと心配していたりする。

では『リバーヒルズカフェ』の店舗への就職を斡旋しようかと提案したけれど、これもまた却下された。アルバイトとしてとはいえ、彼女は実際に店舗で働いていた人間なのだから、きっとよろこんで了承してくれると思っていたのに、「ハルカさんの口利きで正社員にしてもらうのは卑怯な気がする」と。どこまでも真面目な人だ。実力で採用されなければという信念があるらしい。

個人的な理想は、彼女が家事に専念してくれることだ。今の自分には、彼女が掃除してくれた部屋で過ごし、彼女の洗濯してくれた衣服を着て、彼女の作ってくれた料理を食べることが、なによりの幸せとなった。

家事はそれ自体が立派な仕事だと、自分は思う。小牧さんというプロフェッショナルな人が常に傍にいたから、なおさらそう感じるのかもしれない。サーヤには家のなかを守ってもらい、その安らぎの環境を維持してもらいたい。

けれどそれはあくまで自分の理想であって、イコール彼女のそれとは異なることは理解している。

自分に経済的なゆとりがあると知っていても、自立心のあるサーヤはそれに依存してこない。そういうところが素敵で、人として素晴らしいと思う点だったりするので、バランスを取るのが難しいのだけど……これは、今後も話し合う余地がありそうだ。

彼女の寝顔を眺めてぼんやりとそんなことを考えていたら、遠のいていた眠気が再び訪れる。

――明日の朝、目覚めた彼女はどんな顔をするのだろう。いつもの、恥ずかしそうな笑顔を見せてくれるだろうか。

右腕に感じる重みにたとえようもない幸福感を覚えながら、もう一度意識を沈ませたのだった。

第八章　「これから一生、紗彩を守るよ」

季節は秋から冬に移り変わろうとする頃合い。十二月を迎えると、ハルカさんと過ごす毎日が、すっかり日常になっていた。早いもので、私が河岡邸に住み始めて四ヶ月が経とうとしている。

付き合い始めて上手くいかなかったらどうしよう……なんて悩みは杞憂で、私とハルカさんは相変わらずの仲の良さをキープしている。

ハルカさんはいつも優しく、私の料理をおいしいと褒めてくれるし、洗濯や掃除にも感謝の意を示してくれる。本当に、こんな素敵な彼氏と付き合うことができて、私は幸せ者だ。

大きな変化があったとすると、お互いの呼び方。以前は『ハルカさん』、『サーヤさん』と呼び合っていたけれど、さすがに現実世界でお付き合いをするにあたっていつまでもゲームのなかでの名前で呼び合うのはどうだろう、という話になり、きちんと本名で呼び合うようになったのだ。

といっても、もともと私の名前はほぼ本名みたいなものなので、『サーヤ』であろうと『紗彩』であろうと、どちらにしてもあまり差を感じなかったりする。

切り替えが難しかったのは私のほうだ。あまりにも『ハルカさん』が馴染み過ぎてしまい、しばらくの間は抜けなかったけれど、繰り返し呼び直すうちにすんなりと『悠大さん』と呼べるようになった。

「紗彩、今夜はなんのクエストにする？」

「うーん、また期間限定が出てるので、それはどうですか？」

「いいね。それにしよう」

寝る前恒例のゲームタイムも継続している。私と悠大さんは、彼の部屋にあるキングサイズのベッドを背凭れにして寄りかかりながら、スマホを操作する。

彼とお付き合いをしてしばらく経つと、私の寝室はゲストルームから悠大さんの部屋に変わった。それまで就寝の時間になると二階と三階に分かれていたのだけれど、私も彼もその離れている時間が惜しくなったのだ。

幸い彼のベッドは大きいので、ふたりで横になってもゆとりがあり、窮屈に感じることはない。ふかふかのベッドで寛ぎながら遊べるのは心地いいけれど、疲れているとスマホを操作しながら寝落ちしそうになってしまう日もあるから、良し悪しだ。

「……あ、愛弓がオンラインだね。誘ってみようか」

「いいですね。久々に遊びたいです」

愛弓さんは以前よりは頻度が落ちたものの、時折思い出したように『FU』にログインし、私たちと遊ぶこともある。

彼女の暮らすロサンゼルスとは時差が十七時間あるので、基本的に一緒に遊べるのは彼女が早く起きた休みの日だけなのだけど、そういう機会を見つけては交流を続けている。

「そうだ、紗彩。最近仕事探しはどんな感じ？」

クエストに向けて愛弓さんをパーティーに誘ったり、装備を整えたりしているときに、ふと思い出したように悠大さんが訊ねる。

「……うーん、やっぱり厳しいですね。手応えゼロです」

今日も不採用通知が届いたことを報告して、小さくため息を吐く。

興味を引く求人を見つける度に積極的に応募しているけれど、正社員希望でブランクがあると、なかなか色好い返事がもらえないものなのだと痛感する。しかも私の場合は最初の就職先をたった一年で辞めてしまっているわけだから、印象はさらに悪いのだろう。

「働きたい気持ちはあるのに、そのための場所がないっていうのは辛いですね。原因を作ったのは自分なので、仕方ないんですけど……でも、あまりに断られ過ぎてヘコみます」

こう不採用ばかりが続くと、自分そのものが否定されているようで精神的にも堪える。今は完全に収入がないので、悠大さんにおんぶに抱っこの状態になってしまっているのも申し訳ない。彼と対等にだなんて畏れ多いことは言わないけれど、せめて自分の食い扶持くらいは自分で稼げるようになりたいものだ。

スマホから視線を外して落ち込んでいると、悠大さんがそっと私の肩を抱いた。

「大丈夫。紗彩が人としても女性としても素敵だってこと、私はよく知っているから」

私だけのために向けてくれる柔らかな微笑と励ましの言葉に救われる心地がした。

「ありがとうございます。……めげずに頑張ります」

「その意気だよ。応援してる」

悠大さんとの関係が深まるにつれて、彼の私に対する口調が砕けたものになったのがうれしい。私が彼にとって近しい存在であることを示す事柄であり、彼が私に心を許してくれている証明にもなる気がして。

私のほうは、相変わらず丁寧語が抜けないけれど、彼とは歳が六歳も離れているからそれでもいいのかな、と思っている。悠大さんが気になるのであれば努力して少しずつ直していこうと思うけれど、今のところ言われてはいないし。

「準備OKです。愛弓さんともパーティー組めましたし、クエスト開始しましょうか」

「そうだね。私も大丈夫だよ」

悠大さんも準備ができたようなので、早速クエスト開始のボタンを押した。

しばらく『FU』の世界を冒険していると……なんだろう。お風呂でのぼせたときのように頭が熱く、重たくなってくる。

「……紗彩？」

不快感から幾度か頭を振ったりしたため、悠大さんも私の異変に気付いたらしい。名前を呼んで私の様子を窺ってくる。

「あ、いえ。ちょっと頭がぼーっとして」

額に手を当ててみると、心なしか熱い気がする。心配した悠大さんも、一度スマホを置いて私の額に手を当てた。

「熱かな。大丈夫？」

「はい。調子悪いとかじゃないので……」

返事をしながら、近ごろ急に冷え込んできたから風邪の引き始めだろうかと考える。だとしたら、こじらせないうちに直さないと。

「ひどくなるといけないから、これが終わったら今夜はもう寝よう。いいね？」

一日のなかで最も悠大さんと会話を交わせる時間なだけに、少しもったいない気もするけれど……かといって、明日に響いても困る。もし風邪だったとして、多忙な悠大さんにうつすのだけは絶対に避けたい。

「すみませんけど、じゃあそうさせてください」

「もちろん。無理だけはしないで」

ゆっくり休めばじきによくなるだろう。昔から、身体は丈夫な方だった。

私はもう少しだけ癒しの時間を満喫すると、彼とともにベッドに潜ったのだった。

◆◇◆

すぐに快方に向かうだろうという予測とは裏腹に、翌日から体調の優れない日が続いた。

朝食の準備はどうにか気合で乗り切れるけれど、悠大さんを送り出してからは、少し横になってからでないと身体が動かない。洗濯や掃除も休み休みなので効率が悪く、概ね一日かけてやっと毎日の家事ルーティンを終わらせられるような状況だ。

これまで大きな病気もしたことがないし、体力はあるほうだと思っていたのに、急にどうしてしまったというのだろう。

それでもまだこのときは、質の悪い風邪にかかってこじらせただけなのだと思っていた。普段風邪を引かないと、かかったときに症状が重く出るのかもしれない、と。

そんな状態が一週間以上続いたにもかかわらず、回復の兆しが見えないことでいよいよ私自身、深刻に捉えるようになった。

時間が読めないイメージがあるので、病院というのが好きではない。本当なら調子が悪い日が数日続いた時点で行くべきなのだろうけれど、病院に行くことでタイムロスが生じ、ただでさえ思うように進まない家事が遅れるのがどうしても嫌だった。

仕事を持たない私にとって、河岡家の家事をきちんと担うことが、今、唯一貢献できることなのだ。悠大さんの身の回りにも影響が出ることだし、自分の事情でおろそかにはしたくない。

そう思ってずっと渋っていたのだけれど、昨夜、ずっと私の容態を気にしてくれていた悠大さんがこう言った。

『明日は小牧さんを呼んであるから、紗彩は病院に行ってきて。いいね？』

彼は、私が家事のために病院に行きたがらないことを知ると、わざわざ小牧さんに連絡を取って、一日だけ私の代わりをしてくれるように頼んでくれたらしい。事前に断りを入れると遠慮するだろうからと、私には直前になってから伝えることにしたのだという。

申し訳ないと思いつつ、ちょっと不安になってきたこともあり、ふたりの厚意に甘えさせてもらうことにした。

「小牧さん、わざわざお呼び立てしてすみません」

午前九時。久々に河岡邸にやってきた小牧さんに開口一番謝ると、彼女はあの人の好さそうな笑みを見せてくれながら「いえ」と言った。

「いいんですよこれくらい。以前、私が長期のお休みを頂くときにたくさん助けて頂きましたし」

四ヶ月ぶりに会う小牧さんは、ほんの少しだけふっくらして以前よりも幸せそうなオーラを纏っているように見え、ご主人との時間が満たされているものであるのがわかった。

彼女はソファから立ち上がろうとする私を制してから、慣れた手つきで持参したエプロンを身につけながら、キッチンのシンクで手を洗う。そして、私のところまで戻ってきた。

「聞きましたよ。悠大さんとお付き合いを始めたということで」

「あっ……はい、そうなんです、すみません」

気恥ずかしさもあり、どんな風に返答していいかわからなかった私は、つい謝ってしまう。実際、わが息子のように悠大さんをかわいがっている小牧さんだから、突然出てきた私が一瞬で彼を攫ってしまったような構図に思えて、申し訳ないと思う気持ちもある。

「どうして謝られるんですか。悠大さんのお相手が森崎さまと聞いて、私はホッとしたんですよ」

小牧さんの、まるで自分のことのようにうれしそうな笑顔を見るに、どうやら彼女は祝福してくれているらしいと知って安心した。

「それはそうと、森崎さま、具合は大丈夫ですか？　朝食は？　なにか召し上がれそうでしたら作りますけれど……」

「それが、あんまり……。食欲もほとんど湧かないので、大丈夫です。どうも食べ物の匂いが鼻につくんですよね」

ここ数日、朝食は悠大さんの分だけを作って出している。食事の間は私もテーブルに着くけれど、気が向いたときにサラダや果物を少し摘む程度だ。

「あら……」

「食事を作っているときの匂いで胸がむかむかしてきてしまって、それだけでもういらないってなってしまうんです。温かいものとかだと特にだめで」

冬に差し掛かり、スープの類がおいしく感じる気候になってきたけれど、温かいものは香りが立つので気分が悪くなるため、避けている。こんなことは初めてだ。

「………」

私の話を聞いていた小牧さんが神妙な顔で黙り込んだ。なにかを考える素振りをしてから、言いにくそうに口を開く。

「森崎さま、その、失礼なんですけれど……月のものは順調ですか？」

「え？　あ……そういえば」

彼女に言われるまで意識していなかったけれど、直近では二ヶ月以上も前だったことを思い出す。

「私の妹もそうでした。最初は微熱が続いて、食べ物の匂いが辛いと言って。そこからつわりが始まったんです。それでも、安定期に入るころには落ち着いたみたいですけどね」

「それって――」

つわり。安定期。それらの言葉が、頭のなかでひとつの事実を導くのと同時に、小牧さんが声を潜めて言った。

「もしかしたらおめでたかもしれませんよ。もちろん私は医者ではないので確かなことは言えませんが……病院に行かれる前に、一度調べてみてはいかがでしょうか？」

「は、はい……」

心当たりがないわけではないけれど――でも、まさか。私は俯いて、視線を腹部に注いだ。

ここに、私ではない別の誰かの命が宿っている可能性がある――？


小牧さんの助言に従い、病院に行く前に薬局に行って妊娠検査薬を購入した。初めて手に取るその商品をレジに持っていくとき、なんだかすごくそわそわした。

一度河岡邸に戻って検査をしてみたら、陽性。検査薬に浮き出た二本の線を眺めながら、信じられない気持ちでいっぱいになる。

おめでた？　私が？

混乱しながら小牧さんに報告し、彼女から「おめでとうございます、楽しみですね」と言われたことで、「そうだ、これはおめでたいことなんだ」と、その祝福の言葉をストレートに受け止めることができた。

その後、近所の産婦人科を調べて診察をし、改めて妊娠しているとの診断を受けた。小牧さんが言っていた通り、体調不良の症状はおそらくつわりであること告げられ、それらは人によって期間や程度に差があるので、無理せず食べれそうなものを食べ、ゆったりと過ごすようにとの指示を受けて帰宅した。

病院に行っている間に、掃除や洗濯を終わらせてくれていた小牧さんにお礼を言って見送った後、私はダイニングテーブルの椅子に座って、ゆったりとしたスウェット地のカットソーの上からお臍の下を撫でた。

——ここにいるんだ。悠大さんとの赤ちゃん。

ゆっくりと往復させるように手を動かすと、愛しさと高揚感が込み上げてくる。

まさか妊娠しているとは思わなかったから、突然すぎて驚きが勝ってしまったけれど……でも、素直にうれしいと思った。

悠大さんが帰ってきたらすぐに伝えなきゃ。

妊娠していると知ったら、彼はどんなリアクションをするだろうか。よろこんでくれるかな。

いったいどうやって伝えようか——とシミュレーションをしていると、玄関の扉が開く音がした。

「ただいま」

廊下から現れた悠大さんが、ダイニングテーブルの椅子にかける私を見つけて、こちらへとやってくる。

「おかえりなさい、悠大さん」

「紗彩、具合はどう？　病院で、先生はなんて？」

彼はよほど心配してくれていたのか、早口にそう訊ねる。

「うん、そのことなんですけど……ちょっと、いいですか。話があるんです」

思ったより早い帰宅で、私の心の準備が済んでいないけれど……原因がわかったからにはちゃんと伝えないと。

「……どうしたの？」

コートを脱ぎ、となりの椅子にかけたあと席に着いた彼は、なにかに怯えているとも思える口調で訊ねた。

「あの……」

口を開きかけて、一瞬思い留まる。

……もし、よろこんでくれなかったらどうしよう。迷惑そうな顔をされたりしたら？

「…………」

不安に駆られ、なかなか話し出すことができない。私は縋るように腹部に手を当てた。

弱気になっちゃだめだ。私はこの子の母親なんだから、ちゃんと伝えなきゃ。

悠大さんなら大丈夫。私のことをすごく大切に思ってくれていることは、一緒に生活をするなかで十二分に理解している。同じように、きっとこの子のことも大事にしてくれるはずだ。

「悠大さん、私……妊娠したみたい、です」

ついに伝えてしまった。達成感とそこはかとない不安感とが綯い交ぜになった複雑な心境で、彼の反応を待つ。

妊娠を告げた瞬間、張り詰めていた彼の表情が安堵で緩んだ。そして、ふわっと優しい微笑みを浮かべる。

「――よかった。そうか、本当によかった」

噛み締めるようにそう言い、椅子から立ち上がった。そして、矢も盾もたまらないという感じで私のもとに歩み寄ると、私の身体を包み込むように強く抱きしめた。

「よろこんでくれますか?」

「当たり前じゃないか」

「……よかった。ちょっと心配でした」

「私も心配したよ」

彼は細く長い息を吐くと、私の両肩を支えながら身体を少し離した。

「もちろん、子どもができたこともすごくうれしいよ。私と紗彩の子どもなんだから、すごく楽しみで待ち遠しい。でも、帰ってきていきなり深刻な顔で『話がある』なんて言われたら、悪い報告だと思うだろう。具合が悪かったのは妊娠してたからってことなんだね」

悠大さんの瞳が確認するみたいに問いかけたので、こくりとうなずく。

「はい。お医者さんはつわりだろうって」

「……病気じゃなくて安心した。紗彩になにかあったらと思うと、気が気じゃなくなるから」

「悠大さん……」

彼の気持ちがうれしくて胸がいっぱいになる。悠大さんはきっと、私が想像している以上に私のことを愛してくれているんだ。それがわかって、目頭が熱くなった。

「うれしい報告も聞けたことだし……紗彩、今度は私の話も聞いてくれないかな」

じわりと滲む涙で瞳がぼやける。その目で彼を見つめると、彼の真剣な眼差しとかち合った。

「結婚しよう」

短くストレートな言葉が、頭の奥に優しく響いた。

「順番が逆になってしまったけど、これから一生、紗彩を守るよ。紗彩だけじゃない、生まれてくる子どものことも必ず守って、幸せにする」

世界で一番大好きな人からのプロポーズ。もちろん、私の答えは決まっている。

「ありがとうございます。私を……悠大さんの奥さんにしてください」

私はそう言うと、感激のあまり彼の胸に顔を埋め、体重を預けた。いつもそばで感じている悠大さん温もりに、包容力に、心が安らぐ。

「ありがとう、紗彩」

大きな手のひらが、私の頭を緩やかに撫でる。

「これからはもう紗彩ひとりの身体じゃないんだから、頑張りすぎちゃだめだ。辛いときは私のことは構わず、ちゃんと休むこと」

「……はい。そうさせてもらいますね」

――付き合って約四ヶ月。妊娠の発覚と、悠大さんからプロポーズという、人生における大イベントを一気にふたつも迎えた私は、大好きな人の腕のなかで怖いくらいの幸福に浸ったのだった。

◆◇◆

妊娠がわかってしばらくは体調が安定しない日が続いた。体調不良の原因がわかって安心した側面もあるのか、朝起きてそれなりに気分がいい日もあったりしたけれど、ほとんどは二日酔いのような気持ち悪さが付きまとった。

当然、家事もはかどらないので、落ち着くまでという条件で小牧さんに来てもらい、助けてもらうことになった。料理はもちろんのこと、洗濯や掃除なども意外と身体を動かすので、身体がだるい妊娠初期の間は本当にお世話になった。

こんな調子ではゲームで遊ぶことはもちろん、仕事を探す余力もない。悠大さんと話し合った結果、私は子どもがある程度大きくなるまで、家のなかのことだけに専念することになった。

　仕事をしていないイコール自立していないというイメージがどうしても拭えず、できたら外に出て働きたいと思っていた私だけど、せっかく仕事を探しても出産を境に一度は職場から離れなければいけなくなるし、そこからある程度は子どもにかかり切りになる。ならば、子育てが一段落ついてからにしたほうがいいだろうという結論に至ったのだ。

　私の考えを尊重してこれまではあまり意見を言わなかったらしいのだけど、もともと悠大さんは私には家庭に入ってほしいと考えていたらしい。話し合ったときの「家事は立派な仕事だよ」という彼の言葉で、前向きな気持ちになることができた。仕事を探さなければという気負いがなくなったことで、心もずいぶんと楽になった。

　小牧さんや悠大さんに物理的、精神的に支えられながら日々を過ごし、季節は春になった。まだ冬物のコートをしまえない三月。妊娠五ヶ月を過ぎた私は、無事安定期に入った。

　このころからつわりが嘘のように消え、大抵の家事は自分でこなせるようになった。一時中断していた毎夜の『ＦＵ』タイムも復活。それに伴い、私たちはゲーム外でのある重要なクエストをこなす決心をした。

それは、悠大さんのお家と、私の実家に結婚の挨拶をしに行くこと。

お互いの両親への報告は、必ずしなければならないものだという共通認識はあったけれど、私が本調子になるまではと延び延びになってしまっていたのだ。

まずは悠大さんのご実家へ。彼と住むお家に負けず劣らずの豪邸は、郊外の静かな住宅街の中心に一際大きな存在感を放っていた。悠大さんと馴染みのあるお手伝いさんに案内されて、彼のご両親の待つ応接室に通される。

付き合って間もなく同居、ほどなくして妊娠――という、客観的に見て「大丈夫なの？」と心配されてしまいそうな展開となってしまったため、大事なひとり息子の結婚相手として不安視されてしまうのではと気が重かった。私が彼のご両親の立場なら、そういう風に考えるだろうと思い至ったからだ。

けれど、いざ顔を合わせたときに、「初めまして。素敵なお嬢さんですね」と微笑を向けられた瞬間、そんな懸念は吹っ飛んだ。

実際、ご両親は私たちの結婚の報告を聞くなり、とてもよろこんでくれた。

おふたりとも悠大さんと同じように穏やかで優しい話し方をする方々で、結婚、妊娠の事情をすべて理解した上で、とても温かく迎え入れてくれたので安心した。

適齢期になっても身を固める気配を見せない悠大さんを、ご両親は甚く心配していたようで、むしろ私に感謝さえしてくれた。

その上、「あなたのような娘ができた上に、もうすぐ初孫にも会えるなんて幸せです」とまで言ってくれて——ただただ、感激だ。この素晴らしいご両親と家族になれるのは、私にとっても幸せなことなのだと感じる。

最後に「身体のこともあるでしょうから、今度はこちらから遊びに行かせて頂きますね」とお気遣い頂いて、彼のご実家を後にした。

◆◇◆

そして、週末を利用して飛行機に乗り、私の実家に行ったときのこと——

「……ええと。この人が、私が結婚したいと思っている、河岡悠大さんです」

玄関で待ち構えていた父と母に彼を紹介すると、ふたりは絶句していた。

私が連れてきた男性が、以前挨拶に来た男性とは別人だったことに驚いているのだろう。さらに。

「それと……実は今、妊娠五ヶ月で、夏には出産する予定……です」

私は緊張しながらそう言い、ほんの少し膨らみ始めた腹部を撫でた。

いかに温厚な両親でも、これらの情報を事前に伝えてしまったら怒るだろうと思ったし、そうなった場合、相手の悠大さんのことを悪く言われてしまうかもしれないという危惧があったから、私たちはあえて顔を合わせてから伝えると決めていた。

「河岡と申します」

私のあとにそう続けてから、悠大さんは前に一歩踏み出して、丁寧に一礼した。

「順番が違ってしまったこと、大変申し訳ございません。……ですが、紗彩さんに対する気持ちは本物です」

悠大さんは両親へ真剣な瞳を向けて訴えながら、私を一瞥した。

「彼女のことを一生守り、幸せにすると誓います。どうか、私たちの結婚をお許し頂けますでしょうか」

両親は、悠大さんのひたむきな姿勢と情熱に呑まれたみたいに、しばし口を噤んでいた。

「紗彩ちゃんいらっしゃい、久しぶり！　もう来てたんだ」

その空白を埋めたのは、意外にも奥の部屋から出てきた義姉だった。

「──っと、あれ。彼氏さん、なんかイメージ変わった？　前に会ったときよりもぐんとイケメンになってるような……」

「お、お義姉さん。ご無沙汰してます……」

お義姉さんは駆け足で玄関先に出てくると、悠大さんの顔をまじまじと見て首を傾げている。どうやら彼女は、以前会ったことのある耀くんと悠大さんが別人であるとまだ気付いていないようだ。

「ひとまず、上がってください。遠いところお疲れでしょう。明日香ちゃん、ご案内してもらってもいいかしら」

「はーい」

義姉の登場によりその場の空気が少し和み、助かった。我に返った母の指示で義姉が私と悠大さんをリビングへと案内してくれる。

私は内心でヒヤヒヤしていた。こんなに驚いている両親を見るのは初めてだったから、もし認めてもらえなかったらどうしよう――という思いで、心がきゅうっと苦しくなる。

「えー！　河岡さんってリバーヒルズカフェの経営者なんですか！」

悠大さんが途中参加の義姉に対しても自己紹介を終え、ソファに腰かけるなり、明るい性格の義姉はワイドショーのリポーターの如く彼を質問攻めにした。その流れで仕事の話になると、義姉は悲鳴に近いような高い声を上げる。

「明日香ちゃんはそのお店、知ってるの？」

「知ってますよ！　都会じゃ有名みたいですから」

本州から遠く離れたこの場所に住む両親はピンとこなかったものの、私と二歳しか離れていない上に流行に詳しい義姉はバッチリ把握していたらしい。

「紗彩ちゃん、こんなすごい人とどこで出会ったの？」

「あはは……たまたまご縁があって」

義姉の鋭い質問にゲームでとは言えずに、笑ってやり過ごす。それ以上は追及されなかったのが救いだ。

「それにしても本当、素晴らしい人を捕まえたよね。ねぇ、お義父さん、お義母さん？」

テンションの高い義姉は、今度は両親に話を振った。リビングでお茶を出してからというもの、ふたりは義姉の言葉に相槌を打つ程度にしか口を開かない。

……これって、あまりよくない状況なのだろうか。私は着ていたワンピースの裾をぎゅっと握ってから、義姉にこう返した。

「もちろん、お仕事に情熱を傾けているところは素晴らしいと思うけど、私が惹かれたのは彼の人間性なんです。彼は、前にお付き合いしていた人と別れて、いろいろ大変だった時期を支えてくれた人で……そういう、優しくて愛情深いところが素敵だなって思ってます」

そこまで言うと、私は両親に向き直ってさらに続けた。

「どうかな、お父さん、お母さん。……私と彼と、お腹の赤ちゃんのこと……認めてくれないかな？」

少なからず衝撃を受けている両親に、わがままを承知で、さきほど聞きそびれてしまった返事を促した。その場の空気が一気に引き締まったのがわかる。

「……認めないはずないだろう」

ぽつりとつぶやいたのは父親だった。母親も静かにうなずいている。

「河岡さんが素晴らしい方だというのは、彼の態度を見ていればわかる。まぁ、確かに面食らったのは否定できないが。……河岡さん」

父親は穏やかな声でそう言ってから、悠大さんの顔を見つめ、呼びかける。

「――娘と孫をよろしくお願いいたします」

「……ありがとうございます」

父親と母親が深々と頭を下げるのに合わせて、悠大さんも同じように頭を下げて感謝を述べた。

「報告が遅くなってごめんなさい。でも、わかってくれてありがとう」

私も両親それぞれの顔を見つめ、頭を下げる。

――よかった。ホッとして、目頭にじわりと熱いものが込み上げてきた、そのとき。

「ごめん、黙って聞いてようと思ったけど、お腹の赤ちゃんってどういうこと？　紗彩ちゃん、おめでたなの!?」

慌てた義姉の様子で、その涙は一瞬で引っ込んでしまった。代わりに、くすりとした笑いがこぼれる。

「あ、ごめんなさい。お義姉さんにはまだ言ってなかったですね。実は……今、五ヶ月で」

「えっ！　ちょっと、その話詳しく聞かせて！」

勢いあまる義姉の明るい雰囲気のおかげで、その後もリビングには賑やかな話し声や笑いが絶えなかった。

両親と悠大さんの距離もすごく縮まったし――とてもよいムードで挨拶を終えることができたのだった。

◆◇◆

お互いの両親への挨拶を終えたことで、私と悠大さんは親しい友人たちにも妊娠と結婚の報告を入れた。一部の友人とは直接、なかなか予定が合いにくい友人には、新居である河岡邸の住所を添えたハガキで。友人のなかには、私の両親と同じく私がまだ耀くんと付き合っていると思っている子もいたので、いろいろと質問攻めに遭ったけれど、一様に「素敵な旦那様を捕まえたね」と温かい言葉をかけてくれた。

その際、「式はどうするの?」と方々から訊ねられたけど、子どものこともあり無理はしたくない。出産して落ち着いたら改めて挙げようと悠大さんとふたりで決めていたので、そう説明した。

そのお腹の子どもも、順調そのもの。悠大さんはマメなタイプなので、毎月の定期健診には必ず時間を取って着いて来てくれる。私の通っているクリニックはこの周辺で人気があって、予約をしても平均して二時間くらいは必ず待たされるところなのだけれど、「紗彩ひとりに全部背負わせるわけにはいかない。子どものことはふたりのことだから」と、嫌な顔ひとつせずに傍で寄り添っていてくれるのだ。

そんな頼もしい姿に、きっと悠大さんは素敵なお父さんになるだろうと密かに確信していた。

そんなある夜——悠大さんの部屋のベッドに凭れ、日課の『FU』を遊んでいるとき、まったく知らない『ロミオ』というキャラクターからフレンドの誘いが届いていた。

名前に心当たりはないものの、もしかしたら過去に一緒に遊んだことがあったのかもしれないと、軽い気持ちで誘いを受けた。すると、フレンドチャットですぐにこんなメッセージが飛んできた。

『やっと見つけた』

『今、どこにいるの？』

「なにこれ……」

まるで私を探しているかのような文面に、背筋がぞくりとする。

「どうしたの？」

「悠大さん、これ見て」

私は怖くなって、スマホのディスプレイに表示されているメッセージを彼に見せた。

「……今フレンドに誘われた人から来たチャットなんだけど、ちょっと気持ち悪くて」

「まるで知り合いみたいな内容だね」

表示された文面を見ると、悠大さんが怪訝な顔をして、手にしたスマホを私に返した。

「『FU』の知り合いなんて、悠大さんと愛弓さんくらいしかいないんだけど……そもそも、こんな名前の人と遊んだりしたかな」

スマホを再び受け取ってから一生懸命記憶を辿ってみるけれど、思い当たる節はなかった。

下手に返信してトラブルになるよりは、なにも見なかったことにしてやり過ごしたほうがいい。そう思って、こちらからは発言を控えた。

すると、そんな私の思考を見透かしてか、新たなメッセージが飛んできた。

『無視するなよ』

『紗彩、会いたい』

「……なんで私の名前、知って……」

この『ロミオ』というキャラクターは、『サーヤ』のプレイヤーである私の本名が紗彩であるとなぜ知っているのだろう。

「私と愛弓以外に、紗彩がゲームをやっているのを知っている人はいないの？」

「そんな人――」

いるはずがない。そう答えようとして、もうひとりだけ存在したことを思い出した。

「あとひとり……元カレが知ってますけど」

元カレ――耀くんだ。この『FU』は、ゲーム好きの耀くんに紹介してもらった。最初のころはよく彼と一緒にパーティーを組んでいたから、私の『サーヤ』というキャラクターについてももちろん知っているはず。

「なるほど。こう言っては悪いけど、確かにこういうメッセージを送ってきそうではあるね」

「なんで今さら……夏のうちに一度会ってから、ずっと連絡を取っていないのに」

忘れもしない、河岡邸にやってきてぴったり二週間後のあの日。耀くんが自分の生活のために私と復縁したいと私を呼び出したとき。

耀くんの狙いに気付いた私は、あのあともう二度と彼と連絡を取るまいと、メッセージアプリの彼のアカウントをブロックした。

私と連絡を取る方法を失ったから、こうしてゲーム上で接点を作ろうとしているのだろうか。

「私はもう話すこともないし、ひとまず無視しておきます」

私と会いたいなんて、なにを考えているんだろう。今さらになって会って、どうするというのか。

「元カレだって証拠があるわけでもないし、とりあえずはそれがいいのかもしれない。でも、なにかあったらすぐ私に言うんだよ」

「はい……」

私を安心させるために、悠大さんが私の肩を引き寄せるように抱いて、小さく笑う。

彼の言う通り、私の名前を知っているからって、『ロミオ』が耀くんだと決まったわけではないか。でもじゃあ誰がって話になると、皆目見当つかないのだけれど……。

そこはかとなく感じた嫌な予感は、じきに確信に変わることになるのだった。

それ以降も、『ロミオ』からのチャットは定期的に送られてきた。

最初は私の返事を待つような適度な間を待って投げられていた文章も、私にまったく返事をする気がないことがわかると、同じ内容を間隔を空けずに繰り返し発信するようになり、終いには私がログインしている時間中ずっとなにかしらのチャットが送られてくるまでになった。

『紗彩に会いたい。帰ってきて。どこにいるの』

『お願いだからもう一度だけ会ってくれないか』

『返事して、紗彩。今度こそ結婚しよう』

怒涛のように押し寄せるチャットの内容から、『ロミオ』が耀くんであるのに間違いなさそうだった。

キャラクターネームの『ロミオ』とは、おそらく『ロミオとジュリエット』から引用したのかと推測できる。窓辺で愛を語る『ロミオ』と自分自身を重ね合わせているのだろうか。無視をしようにも、フレンドチャットのメッセージはプレイ画面にポップアップされるので、どうしても目に付いてしまう。

事なかれ主義の私もさすがにこれには我慢ができなくなったので、悠大さんに相談してみたら、メッセージアプリと同じように『FU』にも特定のキャラクターのブロック機能が備わっていることを教えてくれた。キャラをブロックすると、パーティーを組まない限りはそのキャラクターからのチャットが届かなくなり、私のキャラの情報も覗けなくなるのだという。

私はすぐに『ロミオ』をブロックすることにして、実行した。すると、あんなにしつこく送られ続けてきたチャットがぱたりと止み、もとのように快適にゲームを進められるようになったのだ。

これでもう、本当に耀くんと関わることはないはずだ。彼の執念深さを楽観視していた私は、このとき、そう信じて疑わなかった。

◆◇◆

五月になると、寒さはやっとどこかへ引っ込み、過ごしやすい気候が続いていた。

「今日は温かくて気持ちいいですね」

「そうだね」

近所の公園の周辺を歩く私と悠大さんは、産婦人科での七ヶ月検診の帰りだった。予約を取っても常に二時間待ちの病院が、今日は珍しく一時間で済んだ。十時に検診で、二時間で帰ってこれたらちょうどランチの時間だね——という算段だったのだけれど、さすがにランチが十一時は早すぎる。それなら、たまにはふたりでゆっくり散歩でもしようかという話になったのだ。

「今回も顔を見せてくれませんでしたね」

桜のドレスを脱いだ新緑のアーチの下を、悠大さんと手を繋いで進む。ふと、今日の健診でのことが頭を過って、私が笑った。

「本当だね。先生も言ってたけど、恥ずかしがり屋なのかな」

「あんな体勢を取ってるってことは、そうなんでしょうね」

あんな体勢というのは、４Ｄエコーで見えたお腹の赤ちゃんの体勢だ。赤ちゃんの胎内での姿をよりリアルに見られる貴重な瞬間なのだけど、お腹にいる彼だか彼女だかは、毎回必ず両腕で顔を隠しているのだ。それを、主治医の先生が冗談で「恥ずかしがってるのかもしれないですね」なんて言っていたのがおかしかった。

「でも、また次回の楽しみができていいじゃない」

「ですね」

次こそは、顔を見せてくれたらいいのだけど。

私は空いているほうの手で、だいぶ膨らんできたお腹をそっと撫でた。

もう以前穿いていたパンツやスカートはサイズが合わなくなってしまった。下着も然り。そして、膨らんだ場所から胎動を感じる機会も増えた。

それらの急激な身体の変化に、自分自身のことでありながらちょっと怖いかも……なんて思ったりもしたけれど、その度に悠大さんが話を聞いてくれて、不安を受け止めてくれた。

『代わってあげられなくてごめん。でも、紗彩の不安な気持ちを分かち合いたいから、私にできることがあったらなんでも言うんだよ』

その優しさに、思わず泣きそうになってしまった。

仕事や自分のことに集中したいときもあるだろうに、悠大さんは私のことを第一に考えてくれる。そんな悠大さんだからこそ、支えてあげたいとか、彼が安らげるための空間作りを頑張りたいと思えるのかもしれない。

公園をぐるりと一周すると、その中心に聳える時計がちょうど十二時を示していることを知る。

「そろそろ帰りましょうか」

「ああ、いい時間だね」

「ちなみに、お昼はなにを食べたいですか?」

私が訊ねると、悠大さんは少し考え込む仕草をする。

「なんでも構わないけれど……パスタとかはどうかな。紗彩が作るボロネーゼ、好きなんだ」

「ボロネーゼですね。わかりました」

冷蔵庫のなかにある材料で作れそうかをシミュレーションしてみる。うん、大丈夫そうだ。

——あ、でも待って。

「ケチャップを切らしていたかもしれません」

昨日の夕食でミートボールを作ったときに、全部使い切ってしまっていたのを思い出した。多分、買い置きはなかったと記憶している。

「なら、私が買ってくるよ」

「え、いいんですか？」

「うん。希望を出したのは私だからね。紗彩は家に直接戻って、食事の準備を頼めるかな」

「はい。ありがとうございます、助かります」

駅前のスーパーまでは大した距離ではないけれど、私の歩くペースに合わせると結構なタイムロスになってしまう。気を利かせてくれた悠大さんが、買い物係を買って出てくれたというわけだ。

「じゃあ、またあとで」

悠大さんは繋いでいた手をそっと離すと、その手を軽く振って駅のほうへと歩いて行った。

夫婦は一緒にいる時間が長くなるとその分摩擦が生じやすくなり、相手に対する好意や敬意が薄れたりすると聞くけれど、我が家は――というか私は、まだその瞬間が訪れることを想像できないでいる。

雇い主として優秀だった悠大さんは、彼氏として、旦那様としても超がつくほど優秀だ。悠大さんみたいにすべてを兼ね備えた素敵な人が私の旦那様だなんて、いまだに信じられない。たまに、これは長い長い夢なのではと思うことすらある。

ぽかぽかした春の陽気を感じながら自宅の近辺に到着すると、コンクリートの外壁に背を預けている人影に気が付いた。

誰だろうか。お客さん？

目を凝らしてその人物を見つめてみると――背中にぞくりとした悪寒が走った。

見覚えがある顔。元カレである耀くんだ。最後に『Ｗｉｔｈ Ｍｉｌｋ』で会ったときよりさらにやつれた印象で、地面を睨むように視線を俯けている。

……どうしよう。なんでここに耀くんがいるの？

まだ彼は、私の存在に気が付いていないみたいだ。とりあえず、悠大さんに連絡しなきゃ。えっと、スマホ、スマホ――

ワンピースのポケットからスマホを取り出す際、慌てた私が手を滑らせてしまう。

手のひらから逃れるように地面に転がったスマホの音に、耀くんがハッと顔を上げた。

「……紗彩？」

しまった、気付かれた。彼の双眸が私の姿を捉えると、彼はすぐに外壁から背を離し、一歩、二歩とこちらへ歩み寄ってくる。

「やっぱりここだったんだ。やっと会えた。ひどいじゃん、メッセージアプリでも、『ＦＵ』でも、俺のことブロックしたりして。なんでそんなことするの？」

「耀くん……どうしてこの場所がわかったの？」

半笑いの彼の問いには答えず、私は努めて冷静に訊ねた。

彼との距離は十メートル程度。その距離が徐々に縮まっていくことに心許なさを覚えて、じりじりと後退してしまう。

「俺が知ってる紗彩の友達に片っ端から連絡入れたんだ。紗彩に借りたまま返せてないものがあるから、今の住所教えてって」

かつて、まだ耀くんとの関係が良好だったころに、お互いの友人を交えて外食をしたことが幾度かあった。初対面の相手でも臆することなく接する耀くんなら、私の知らないところで彼女たちと接触を図っていたとしてもおかしくはない。

とはいえ、私の居場所を割り出すために誰彼構わず訊ねるというのは、すごい熱量だ。その執着に恐れを感じる。

「なぁ。どうしても俺たちやり直せない？」

「…………」

フレンドチャットの内容の繰り返しに辟易した。この期に及んで、なぜやり直せると考えているのだろう。

「あれから別の女の子とも付き合ったりしたけど……なんか違うんだよ。やっぱり俺には紗彩じゃなきゃだめだって改めて思ったんだ」

沈黙していると、彼が眉根を寄せて悲しげに声を震わせる。涙を堪えているのかもしれない。

以前の私なら、そんな弱々しく健気な彼の姿をかわいいと思ったのだろうか。『紗彩じゃなきゃだめだ』という言葉に甚く感激し、なにもかもを許してしまったのだろうか。

でも今は違った。どんなに熱心に気持ちを伝えられても、その言葉が実のところはなんの意味も持たない空虚なものであるのを知っているから、白々しく不快なものとしか感じられない。

脳裏に、八月のあの暑い日、『Ｗｉｔｈ Ｍｉｌｋ』で向かい合ったあのときの気持ちが鮮烈に蘇った。彼への恋心が急激に冷え切ったときと同じ心持ちがした。

「覚えてる？　前に紗彩が俺に聞いたよね。『これから先、もう絶対に家事をしないって言ったら、それでも一緒に暮らせる？』って」

もちろん、覚えている。あのとき私はそう訊ねることで、耀くんの気持ちを試そうとしたのだ。やり方は卑怯だったかもしれないけれど、彼の本当の気持ちを知ることができたのだから、後悔はしていない。

躊躇いがちにうなずくと、彼がかっと瞠目した。

「それでもいいよ。戻ってきてくれよ。……紗彩がいればそれでいいから。だから」

耀くんは興奮気味にそう捲し立てながら、さきほどよりも勢いを増して詰め寄ってくる。

「近寄らないで！」

本能的に危険だと思った私が叫ぶ。突然大きな声を出したからか、耀くんの勢いがびくりと止まった。

私と彼との距離は三メートルあるかないか。これまでよりも彼の表情が、容貌が、つぶさに観察できる距離だ。彼の皺のついたロンTとチノパンは、やはり現在、お世話をしてくれる女性がいないであろうことを示している。

「……紗彩？　その腹」

それは彼にとっても同じだったようだ。私のシルエットの変化を察して、指を差す。フィットする服が少なくなってきたので、最近はもっぱら身体の線が出にくいＡラインのワンピースを着ている。それでも赤ちゃんの成長に合わせて膨らんでいくお腹は隠しきれない。もともと小柄なこともあって余計に目立つのだ。

「……子どもができたのか？」

だから、耀くんがそう訊ねるのも当然だった。彼の視線は、私のお腹の膨らみに釘付けになっている。

「えっ、でも俺とは夏から会ってないし……いったいどういうことなんだ？」

「………………」

復縁しようとしていた元カノがすでに妊娠していたなんて、想像だにしていなかったんだろう。耀くんは明らかに狼狽している。

私は肯定も否定もできないでいた。なにか余計なことを言って、混乱している耀くんを刺激してはよくないと思ったのだ。

きっと今の耀くんは、正常な精神状態ではない。私の友達から河岡邸の住所を聞いたと言っていたけど、ここの住所を教えた友人にはもれなく結婚したことも伝えてある。とすると、彼が住所を聞いたとき、一緒に結婚したという情報も聞いている可能性が高い。

信じたくないのか、それとも自分の都合の悪いことは考えないようにしているのか——とにかく、普通ではないことは確かだ。

「まさか……俺を裏切って、別の男と……？」

私にはもう別の相手がいるのかもしれない。今時分にそう思い至ったらしく、耀くんの私を見つめる瞳に憎悪と敵意が混じる。

いけない、と思った。彼との同棲生活のなかで、こんな彼の表情を見たことがない。

「そんなこと、許されるとでも思ってんのか⁉」

激高した彼が、私に向かって突進してくる。

「っ……！」

殴られる。押し寄せる恐怖で足がすくんで動かない。

怖い。でも、赤ちゃんだけは守らなければと腹部を押さえたとき——

「許されるに決まってるでしょう」

目の前に見慣れた背中が立ちはだかった。

「悠大さん……」

スーパーの手提げ袋を持った悠大さんが、私と耀くんとの間に割って入ってくれたのだ。彼は首だけこちらに向けて、私の様子を窺った。

「……紗彩、大丈夫？」

「は……はい。あの、この人っ……」

「うん、わかってる。なにかあるといけないから、少し下がってて」

元カレであることを伝えようとしたけれど、状況から察したらしい悠大さんが小声で言い、私を下がらせた。

「お前、誰だよっ？」

「紗彩の夫です」

「夫……？」

悠大さんの毅然とした答えを聞き、悠大さんの肩越しに見える耀くんの表情が曇る。

「ええ。私たちは結婚したんですよ。知らなかったんですか？」

「……結婚……紗彩が……」

もしかしたら、耀くんは本当に私の結婚を知らなかったのかもしれない。そう思えるほど、彼は衝撃を受けているようだった。

「そんな、これは裏切りじゃないか……ひどい……俺に黙って結婚して、子どもまで作って……こんなのあるかよ。まさか、俺と別れる前からこいつとデキてたわけじゃないだろうな？」

言葉を紡ぐほどに、耀くんの怒りが沸々と煮えたぎっていくのがわかる。

「紗彩の名誉のために言いますが、彼女と私が知り合ったのはあなたたちが別れたあとです。というか、裏切ったのはあなたのほうでしょう。紗彩と同棲しながら、浮気相手の嘘に引っかかって、紗彩を追い出して……ひどいのはどっちでしょうね？」

「お前になにがわかるっ！」

耀くんが悠大さんに食って掛かるように叫んだ。

「そうだ、お前になにがわかるっていうんだ。これは俺と紗彩の問題なんだ、部外者は口を突っ込むなよ」

「わかってますよ。あなたが浮気をして紗彩を振ったことも、彼女が惜しくなって復縁を持ちかけて断られたことも、ゲームのなかで『ロミオ』なんて未練たらしい名前を使い彼女に執拗にチャットを送ってきたこともね」

「～～～っ」

大きく声を荒らげる耀くんに対し、悠大さんは冷静さを崩すことなく応酬を続ける。

客観的に告げられた事実は、耀くんにとって耳が痛いものだったのだろう。羞恥からか、それとも屈辱からか、彼は唸るような声を上げた。

「お前っ……なんなんだよ、本当にっ……！」

「私は紗彩の夫だと言ったはずですよ。妻が昔の男に言い寄られて困っていたら、助けるのが普通でしょう。さあ、わかったらお引き取り願えますか。近所迷惑になりますので」

「なにっ!?」

「つくづく自己中心的な振る舞いをされる方ですね。自分で別れの原因を作っておいて、惜しくなったらしつこく付きまとうだなんて。あなたが浮気相手の妊娠と別れを告げたとき、紗彩がどれだけ傷ついたか。こうして逆の立場になってみて、よくわかったでしょう」

決して怒鳴ったり声を張り上げたりすることなく、淡々と言葉を連ねていく悠大さん。感情の起伏が見えないからこそ、彼が怒りを募らせているのを感じた。その証拠に、声音は普段私と言葉を交わすときよりもずっと硬質で冷たい響きだ。

「……でも、あなたが紗彩と別れなかったら、私が紗彩とこうして出会うこともなかった。そういう意味では、あなたには感謝しなければいけないのかもしれませんね」

一瞬、悠大さんがこちらを振り向いて視線をくれる。私を見つめる瞳は穏やかで優しい、いつもの彼だった。

再び前へ向き直った悠大さんが決然と続けた。

「今後、紗彩の幸せは私が請け負います。残念ですがもうあなたが出る幕はありません。潔く身を引きなさい」

悠大さんの台詞には、有無を言わさない強い響きがある。その気迫に、摑み掛からんばかりの勢いだった耀くんの勢いが萎んでいく。

「聞こえましたか？　お引き取りください。そして、あなたにまだほんの少しでも紗彩を想う気持ちがあるなら、もう二度と彼女に関わらないことです」

「…………」

耀くんは口を閉ざし、なにかに耐えるように両方の拳をぎゅっと握っていたけれど、少しの間のあと、深く息を吐いた。

「……わかったよ」

私を一瞥すると、聞こえるか聞こえないかくらいの微かな声でそう言い残して駅のほうへと走っていってしまった。

完全に彼の背中が見えなくなると、悠大さんが私を振り返った。

「家に帰ろう、紗彩。頼まれたもの買ってきたよ」

スーパーの袋を軽く掲げて悠大さんが微笑む。

「は、はい、ありがとうございます」

私は小さく頭を下げてお礼を言ったあと、彼とともに自宅のアプローチを潜ったのだった。


トラブルがあったため想定より少し遅れてしまったけれど、昼食は予定通りボロネーゼにした。レタスときゅうりと固ゆで卵で簡単なサラダと、ベーコンとコーン、豆乳を合わせたスープを添える。

「悠大さん、さっきはありがとうございました。耀くん……元カレのこと」

グァテマラのカフェインレスコーヒーを淹れたマグをふたつ、ダイニングテーブルに置きながら、私が言った。

妊娠してからは昼夜問わずずっとこれを飲んでいる。私がカフェインを取るのを控えるようになったため、悠大さんもそれに付き合ってカフェインレスを飲んでくれるようになったのだ。

「いや、いいんだ。それより、紗彩になにもなくてよかった」

悠大さんは自分のマグを引き寄せながら首を横に振った。

「もし悠大さんがいてくれなかったらって考えると……怖かったです」

あのときの耀くんは興奮していて、なにかひとつボタンをかけ違えていたらただでは済まなかったかもしれない。そう考えると、すんでのところで悠大さんが間に入ってくれて本当に助かった。

「それに、私が耀くんに言いたかったこと、全部纏めて言ってくれて……うれしかったです」

私はそう言ったあと自分のマグを手に取り、コーヒーを一口飲んだ。温かいコーヒーの香ばしい香りが胸いっぱいに広がる。

綺麗に終わりたいと最後まで我慢して押し込めていた自分の気持ちを、悠大さんによって解き放ってもらったようで、ありがたかった。

「こんなこと言うと、意地の悪いヤツだと思われるかもしれないけど……いつか彼に会うことがあるなら、直接言ってやりたいと思ってたんだ。誰だって、好きな人を傷つけられたら嫌だからね」

私を想う気持ちがあるからこそ、悠大さんもああやって耀くんに怒ってくれたのだ。それを理解しているから、ちょっと自嘲気味に笑う彼に、私は「いえ」と言った。

「意地悪なんかじゃないですよ。悠大さんはとっても優しいです」

「……ありがとう」

私の言葉に、悠大さんは穏やかに笑ってうなずいてくれた。

「あと、悠大さんの言葉に、なるほどなって感じたことがありました」

「それは、なに？」

「耀くんが私を振ってくれたから、悠大さんに出会えたってことです。今なら、あのとき振られてよかったって心から思えます。そうじゃなければ、悠大さんのお家に来ることも、悠大さんとお付き合いすることも、結婚することも——こうして、悠大さんの赤ちゃんを授かることもなかったわけですから」

ふと、頭のなかにお祖母ちゃんの顔が浮かぶ。お祖母ちゃんの言う通り、辛いことがあっても笑顔で前を向いていてよかった。それまでの私だったら出会うことがなかったであろう、こんなに素敵な旦那様とのご縁ができたのだから。

「だから、改めて耀くんには感謝しないといけないですね」

「紗彩……そうだね」

私たちはどちらともなくお互いの瞳を見つめて微笑んだ。私たちの心がぴったりと寄り添っていることを感じられる瞬間だった。

「こうしてふたりでゆっくりできるのもあとわずかだろうから、体調がよければ午後も出かけない？　たまには、映画でも観に行こうか」

悠大さんが傍らに置いていたスマホを手に取り、画面に目を落として言った。つられるように私もポケットからスマホを取り出す。

まだ十三時半。時間はたっぷりある。

「いいですね。行きたいです」

そう、この子が生まれたら、ふたりだけのまったりした時間とはしばらくお別れとなる。今のうちに満喫しておかなければ。

「紗彩が観たいものを観よう。考えておいて」

「なににしようか迷っちゃいますね」

妊娠が発覚する前の過去に二回、悠大さんと映画を観に行ったことがある。

彼は割とどんなジャンルでも楽しめるらしいから、その二回の映画の主導権は私が握っていた。今回でしばらく見納めとなるかもしれない分、後悔のないチョイスをしたいところだ。

スマホで上映に関する情報をチェックしながら、私たちはもう少しだけコーヒーとともに歓談したのだった。

エピローグ

八月。季節が巡るのはあっと言う間で、気が付けば悠大さんと過ごす二回目の夏を迎えていた。悠大さんの部屋の大きなベッドで目を覚ました私は、上体を起こして大きく伸びをする。いつもよりも頭がスッキリとして気分がいい。なにも気にせずゆっくり休めたおかげだろう。

私はパジャマのまま廊下に出て、一階に降りた。途中、消え入りそうなほど頼りない泣き声がところどころで聞こえてきて、胸を優しくきゅうっと摑まれるような心地がした。

「悠大さん、おはようございます」

「おはよう、紗彩」

「あなたもおはよう。朝から元気だね」

リビングスペースで悠大さんに挨拶をすると、私は彼の胸に抱かれている小さな彼女にもそう声をかけた。すでに泣き止んでいた彼女は、パパ譲りの大きな瞳でじっとこっちを見つめている。

今から一週間前、世界で一番大切な宝物である彼女が、私のお腹から出てきてくれた。予定日より二週間程度早かったことを除けば、大きな問題のない安産だった。

赤ちゃんが生まれてからは忙しくなると、私の母親を始め周囲の人々に言われ続けていたけれど、本当にその通り。二、三時間おきの授乳におむつ替え、吐き戻しがあれば着替え、沐浴に寝かしつけ、ぐずったら抱っこであやして……などなど、自分のことにはまったく時間を割けないほどにやることが盛りだくさんだ。

入院していた病院では翌日から母子同室だったので、出産してからというもの息つく暇もないほど赤ちゃんのお世話に追われる日々を送っている。

そんな調子で退院して二日、疲労困憊の私を心配して、お休みを取ってくれた悠大さんが、一晩赤ちゃんのお世話を買って出てくれたのだ。

最初は申し訳なさで断ったのだけど、「子育ては母親と父親ふたりの仕事だから」と強く言ってくれたので、休ませてもらったというわけだ。

「すごく元気だよ。ミルクもちゃんと三時間おきに全部飲んでる」

「よかった」

彼からの報告を聞き、私はホッと胸を撫で下ろした。

私たちの赤ちゃんは気まぐれなのか、毎回の母乳やミルクを飲む量がまちまちだ。

病院の先生から決められた量を必ず飲ませるように、と言われているけれど、守れないときも多々ある。食欲は個人差があるということだけど、まったく飲んでくれないタイミングもあって困り果てていた。この調子で飲み続けてくれたらいいのだけれど。

「紗彩はよく眠れた？」

「おかげさまでぐっすりと。おかげで、すごく調子がいいです。本当にありがとうございます」

こんなに気分爽快なのは久しぶりだ。悠大さんにお礼を言うと、彼はなんでもないことだという風に首を横に振って笑った。

「それならよかった。……いや、紗彩のほうこそいつもご苦労様。というか、本当に小牧さんを頼らなくてもいいの？　産後は身体を休めたほうがいいって、先生も言っていたけど」

「ええ、まだ頑張れそうなので。これはちょっと限界かもと思ったらお願いするかもしれませんが、自分たちの子どもなので、できるだけ自分で見たいんです」

私の母親は飛行機の距離な上、同居の義姉にもまだ小さい子どもがいるし、悠大さんのお母さんはお仕事を続けられているようだし……産後の介添えをお願いできそうな人がいなかったので、もとから自分たちだけで乗り切ろうと覚悟をしていた。けれど悠大さんとしては日中ひとりで世話をする私が心配らしく、たまにでも小牧さんに来てもらったらどうかと提案してくれていたのだ。

「紗彩がそう言うなら。……私が家にいるときはなんでもするから、そこは気兼ねしたら嫌だよ」

「はい。頼りにしてますね」

「赤ちゃんとの時間もゆっくり取れるし、大歓迎だよね」

彼はそう言いながら、腕に抱いた我が子に語りかけるようにして言った。

出産前の悠大さんは、ひとりっ子だから子どもとの接し方には自信がないようなことを言っていたけれど、いざ生まれてみると子煩悩で、いいパパっぷりを発揮していた。

会社から帰ってきたらミルクをあげてくれるし、おむつも率先して替えてくれる。泣いている赤ちゃんを抱っこであやしては、蕩けるような笑顔を見せてくれたりもする。だからこそ、私も夜のお世話をお願いできたというところがあるのだ。

「悠大さん、すぐにお休みになりますか？　それとも、朝食を準備しましょうか」

「そうだね……じゃあ、せっかくだから頂こうかな」

「はい、じゃあ先に顔を洗ってきちゃいますね。もう少しだけその子をお願いします」

「うん」

私は彼に断りを入れてから、パウダールームへと向かい、簡単に身支度を整える。

再びリビングスペースに戻ると、キッチンに直行しようとして足を止めた。

「あ、名前、いいの思いつきました？」

ソファに座って赤ちゃんを抱っこしている悠大さんの横に、私が腰かけて訊ねる。

彼は小さく唸ってから、微かに首を傾げた。

「今もずっと考えてたんだけど、なかなかこれというのが思い浮かばなくて」

「そうなんですよね。……子どもの名前は親からもらう最初のプレゼントって言いますし、ベストなものをと思うんですけど……」

私も悠大さんも、こういう一生を左右する大切なことはきちんと悩んでから答えを出したい性質なので、慎重になりすぎている節もあるのかもしれない。でも、それでいいと考えている。私たちがたくさん頭を捻って出した結論なら、きっとこの子もよろこんで受け入れてくれるだろうから。

「まだもう少しだけ猶予がありますから、お互い、悩むだけ悩みましょう」

「そうだね」

悩むだけ悩んで、素敵な名前に巡り合えればいい。私たちはお互いに顔を見合わせてうなずいた。それから、私は彼の肩に身を預けるように凭れかかった。

「……悠大さんと出会って、付き合って、一年後がこうなっているなんて……なんか、不思議な感じがしますね」

思い起こせば、ジェットコースターのような高低差のある一年だった。目まぐるしく変わる景色の先にあったのは、悠大さんとともにある希望に満ち溢れた未来。

「たった一年の間の出来事だなんて、私も信じられないよ。紗彩とは、もっと長い時間を積み重ねてきたように思えるから」

ゲームの上ではさらに一年、彼とは同じときを過ごしてきたわけだから、そんな風に感じるのも当たり前なのかもしれない。

当然ながら、現在は私も悠大さんも『FU』はお休み中。もっと生活に余裕が出てきたらあの幻想的な世界を駆け回って遊びたいとも思っているけれど、それにはしばらく時間がかかりそうだ。

それに、そのころには悠大さんの腕のなかでうとうとと眠りかけているこの子も成長して、私たちにもっと違う世界を見せてくれているかもしれないし。

「私、今すっごく幸せです」

「私もだよ。この子と一緒に、これから先もずっと幸せでいよう」

「……はい」

手のひらのなかから始まった悠大さんとの出会いが、私と悠大さんと、そして娘との絆を繋いでくれた。

私はこれ以上ないほど幸せで充実した気持ちを噛み締めながら、この日々がずっと続いていくことを心から願った。

あとがき

初めましての方は初めましまして。これまでに拙作を読んでくださっている方はありがとうございます。小日向江麻《こひなたえま》です。

ありがたいことに、マーマレード文庫様で二作目を刊行して頂くこととなりました。

今回のテーマは「オンラインゲームで始まる恋愛」なのですが、私の作品では珍しく作中に妊娠・出産を描かせて頂いております。初めての試みでしたのでドキドキでしたが、ここ一、二年の私生活がまさにそんな感じでしたので、思い出しながら書きました。大変ですよね、子育て。

さて、オンラインゲームですが、私も大好きです。今でこそ時間が捻出できず疎遠になっていますが、どっぷりとハマってプレイしていたこともあります。画面の向こうに自分と同じようなプレイヤーがいて、協力プレイできるところに魅力を感じるんですよね。だからオンラインでもプレイヤー同士が対戦するものはちょっと苦手だったりします。

人の縁はどこで繋がるかわからないもので、私自身も紗彩のように、オンラインゲームをしていた当時のゲーム上のフレンドと実際に会ってご飯を食べたりしたことがあります。なかには、各々がそのゲームをやめた今でも、連絡を取って会うフレンドたちもいたり。そうなってくると、もうリア友ですね。そしてその経験が、まさか自分の書く小説に活きてくるとは思わなかったです。

余談ですが、私はゲーム上で親しくなったフレンドに男性だと勘違いされることが多かったです。諸々の好みがおじさんっぽい（自覚はある）のと、可愛い女性キャラに弱くてすぐ絡みにいってしまうところが主な原因のようでした。

作中にも書かせて頂いた通り、普段のチャットの積み重ねで「この人って実際はこんな人かな？」っていうイメージが出来上がっていくようなので、私は完全に女好きのおじさん認定をされ、警戒されていたようです……。

という悲しいエピソードはさておき。担当編集さま、編集部のみなさま、幸せいっぱいの表紙を描いてくださったカトーナオ様、この出版に関わってくださったすべての方々に、この場をお借りして深くお礼申し上げます。そして、読者のみなさま。この作品をお読みいただき、少しでも楽しんで頂けたのなら、幸いです。

それでは、最後までお読みいただき、まことにありがとうございました！

小日向 江麻

マーマレード文庫

身ごもり同棲
～一途な社長に甘やかな愛を刻まれました～

2021年9月15日　第1刷発行　定価はカバーに表示してあります

著者　小日向江麻　©EMA KOHINATA 2021
編集　株式会社エースクリエイター
発行人　鈴木幸辰
発行所　株式会社ハーパーコリンズ・ジャパン
東京都千代田区大手町1-5-1
電話　03-6269-2883（営業）
0570-008091（読者サービス係）
印刷・製本　中央精版印刷株式会社

ISBN-978-4-596-01362-0

m a r m a l a d e b u n k o